ジの天気図

安曇ひかる

RB
幻冬舎ルチル文庫

CONTENTS ✦目次✦

オレンジの天気図

✦イラスト・水名瀬雅良




✦カバーデザイン＝齊藤陽子（CoCo.Design）
✦ブックデザイン＝まるか工房

# オレンジの天気図

仕事の合間に中途半端な時間ができると、須賀敦也《すがあつや》は街はずれの高台にある展望台へ足を運ぶ。坂の途中にあるレストランの店主に教えられた、とっておきの場所だ。

その店を初めて訪れたのは、この街に居《きょ》を構えて間もなくだから、もう六年前のことになる。確か大きな裁判が終わった後で、ボスがみんなにフレンチを奢《おご》ってくれた。夏の入り口に立ったばかりの季節で、夕刻だというのにまだ外が明るかったことを覚えている。

ル・ポワン・ドゥ・ヴュという店名は、見晴らしのいい場所とでも訳すのだろうか。料理も話もうわの空で窓の外ばかり見ている敦也に、店主が苦笑混じりに教えてくれた。もう少し上ったところに小さな展望台があって、ここよりさらに見晴らしがいいですよ——と。

展望台というには少々手狭《てぜま》だ。知る人ぞ知る、といったところだろうか。転落防止の手すりは錆《さ》び、片隅にひとつ設《しつら》えてあるベンチには苔《こけ》が生えている。けれど生《お》い茂《しげ》った枝の隙間《すきま》に広がる景色は見事だ。窓枠に切り取られていない分、空は広く高く、街並みが自由に広がっている気がする。季節の移ろいを下界より早く感じることができるのは、ほんの少しだけ空に近いからかもしれない。

ぐっとひとつ伸びをする。苔だらけのベンチに、珍しく人がいるのが見えた。若い男だ。さっき駐車場にあった赤い車の持ち主だろうか、黒っぽいキャスケットを目深《まぶか》に被《かぶ》り、眠っているように俯《うつむ》いている。

仰《あお》ぐ空は高く、空気はどこまでも澄んでいた。目を凝《こ》らしたらうっかり宇宙まで見えそうなどの碧《あお》に、今年もまたこの季節がやってきたのだと知らされる。

一年で一番過ごしやすく、けれど一年で一番嫌いな季節。

街の喧騒《けんそう》も届かないこの場所にいると、時すら止まっているのではないかと思えてくる。実際、敦也の時計はあの日、あの時刻から、まったく動いていないのかもしれない。

この六年、一体何度ここを訪れただろう。誰に課せられたわけでもない。単なる感傷だと自分自身が一番よく知っている。けれどこの感傷というのが案外厄介《やっかい》なもので、もう終わり、これでよしと、自ら区切りをつけることは思うより簡単じゃない。かといって他人に決着をつけてもらうことは、おそらくもっと難しい。

高層マンションや商業ビルの立ち並ぶ街の中心地。その向こうには地下鉄や私鉄のラインに沿うように、住宅街が広がっている。それらのはるか先に見えるのは、悠然《ゆうぜん》とした稜線《りょうせん》。志乃夫岳《しのぶだけ》。隣県との県境にある標高一七二八メートルの山だ。

深い緑を湛《たた》える静謐《せいひつ》さは、さながら菩薩《ぼさつ》の微笑《ほほえ》みのようでもある。

心にさざ波がたちそうになる。敦也は澄み渡った天空をふたたび見上げた。

秋の訪れを感じさせる碧く高い空――のはずだったのに、頰《ほお》にひと粒《つぶ》ぽつりと雨粒を感じた。風景に気を取られているうちに、背後から気味の悪い黒雲が迫っていた。

あれ、と思う間にあたりが暗くなり、バラバラと大粒の雨が落ちてきた。

空は、頭上で碧色とねずみ色に二分されている。優位なのはねずみ色らしい。このところの異常気象で天気の急変には慣れているが、それにしても今日のこれはあまりに急だ。ベンチの男も、いつの間にか姿を消していた。

車に戻ろうと踵《きびす》を返した。雨脚が強まる。これは夏の降り方。間もなく十月に入ろうというのに、この頃日本の空はどこかおかしい。

「外れたな」

思わず呟《つぶや》いた。

毎朝出がけに必ず観る、テレビの情報番組を思い出したのだ。

『えー、今日の県内は、全域でほぼ爽《さわ》やかな秋晴れになるでしょう。ただ前線が北へ進んできているので、夕方から大気の状態は不安定になります。夜半には雨の降り始めるところもありますが、日のあるうちは傘《かさ》はいらないでしょう』

天気予報のコーナーを任されている男は、気象予報士にしておくのはもったいないほどの愛らしい笑顔で、確かに『傘はいらない』と言っていた。この街では知らない者などいないイケメン気象予報士の予報はしかし、残念なことに時折こうして見事に外れる。

「ちぇ、傘持ってこなかったぞ。どうしてくれるんだ」

片頬を微妙に歪《ゆが》め、文句を言った瞬間だ。稲光《いなびかり》とともに耳をつんざくような雷鳴《らいめい》が響いた。

ゴロゴロ、バリバリ、ガガガギギィィッ。

敦也は思わずその場にしゃがみ込みそうになる。

間もなく三十路《みそじ》だ。雷《かみなり》を怖がる年齢ではないが、あまりの音の激しさに反射的に身が竦《すく》んだ。雷というのは、もっとゆっくりと近づいてくるものだと思っていたが、昨今《さっこん》は事情が違うらしい。真夏のゲリラ豪雨で慣らされたとはいえ、こうも急に雷鳴が響くと心臓に悪い

——と、敦也はふと我に返った。

ゴロゴロとバリバリはわかる。間違いなく雷だ。しかし一緒に聞こえたガガギィッは何だったのだろう。およそ愉快《ゆかい》とは言えない金属音は、雷の音とはちょっと違う。そして気のせいでなければ、斜め前方の駐車スペースから聞こえたような……。

心持ちゆっくりと顔を上げる。白線で仕切られた駐車スペースの一角で、妙に接近した二台の車体が目に入った。

——まさか。

猛烈《もうれつ》に嫌な予感がした。慌てて駆けつけた敦也の目に、案の定の光景が飛び込んできた。

「あぁ、くそ」

やられた。隣の隣に駐車していた真っ赤なスポーツカーのフロントバンパーが、敦也の車の横っ腹に擦《こす》りつけられていた。右折でスペースから出ようとして、目測を誤ったのだろう。

敦也は舌打ちをする。こんな派手《はで》な車に乗っているくせにこのド下手《へた》くそがっ！　とはらわたが煮えくり返るのを抑え、ウィンドウを拳《こぶし》で軽く叩《たた》いた。

「おい」

覗《のぞ》き込むと、運転席の男はハンドルを握り締めたまま突《つ》っ伏《ぷ》していた。走行中に衝突したわけではないのだから、気を失っているとも考えにくい。とっとと降りてきて謝罪しろよと、またぞろ静かな怒りが込み上げた。

「早く降りろ。擦ったのわかってんだろ」

大粒の雨がバラバラと音をたてて落ちてくる。天気予報は外れるわ車は擦られるわ、まったくなんてついていない日なんだと歯軋《はぎし》りをしたところでふと気づいた。ハンドルを握る男の手が、小刻みに震えている。いささか華奢《きゃしゃ》な肩《かた》から背中のラインは、呼吸に合わせて苦しそうに上下していた。

車をぶつけたショックで俯いているのかと思っていたが、もしかすると逆だったのだろうか。具合が悪くなって、それで運転を誤った――。

敦也は慌ててドアに手をかけた。ロックはされていなかった。

「おい」

返事の変わりにウッ、と低くえずく声が聞こえた。

「大丈夫か」

肩に手を置くと、男がゆるりと顔を上げた。

キャスケットのつばの下から現れた真っ白な顔に、敦也は「あっ」とひと言発したまま固まった。両手で口を押さえてはいるが、その印象的な目元は見紛《みまが》うはずもない。

どうして、と敦也が怯《ひる》んだ瞬間、男は勢いよく車外に飛び出した。

「あっ、おい」

車を乗り捨てて逃げるのかと思ったのは、一瞬だけのことだった。転がるように駐車場の片隅にしゃがみ込んだ男は、敦也が追いつく寸前、雑草の生い茂る土手に激しく嘔吐《おうと》した。

「お、おいっ」

間歇《かんけつ》的に嘔吐を繰り返す男の、肉の薄い背中をさすった。

手のひらに、ごりごりと浮き出した肩甲骨《けんこうこつ》や背骨が当たる。

「す、みま……せっ……ぐっ」

男はえずきながら、謝罪の言葉を口にする。

「しゃべらなくていい」

小刻みに背中を震わせながら吐《は》くだけ吐いてしまうと、男はずるりとその場に崩れ落ちた。

「大丈夫か」

「へい……き」

どう見ても平気そうではない。敦也は彼の腋《わき》の下に腕を滑らせると、引きずるようにして自分の車の助手席に運び込んだ。このままではふたりともずぶ濡《ぬ》れになってしまう。

しばらく肩で息をしていた男は、呼吸が整うと蚊《か》の鳴くような声で言った。

「すみません……でした。完全に、おれが、悪い」

「……いや」

「本当にごめんなさい」

青白い顔で何度も謝罪され、戦意を削《そ》がれた。一人称がいつもの「ぼく」から「おれ」になっている、などと今はどうでもいいことに気づいたりする自分が若干《じゃっかん》腹だたしい。

「いくらかよくなった？」

「……はい」

「雷に驚いたとか」

まさかと思って尋ねてみると、男はこくりと頷《うなず》いた。

「サイドブレーキ解除した途端《とたん》に、いきなりバリバリィ。それで思わずハンドル切ったまんまアクセル踏んじゃって」

「そんなに苦手なのか、雷」

男は俯き加減に首を横に振る。

「雷がダメなんじゃなくて、突然大きな音がするのがすごく苦手なんです。だいたい今日は雷なんか鳴る予定じゃなかったのに」

その台詞《せりふ》に敦也は思わず噴き出しそうになる。確かに今の雷鳴はかなりフェイントではあったけれど、それより何より、

『今日の県内は、全域でほぼ爽やかな秋晴れになるでしょう』

この男は今朝《けさ》、自信たっぷりにそう言っていた。

「残念ながらまた外れたな、予報」

少しばかり意地の悪い視線を投げかけると、伏し目がちだった男の目が、にわかに大きく見開かれた。毎朝見慣れた双眸《そうぼう》がようやく姿を現す。

こうして間近で見ると、その瞳《ひとみ》の漆黒《しっこく》は形容しがたいほどの深い色味だった。完璧《かんぺき》なアーチラインに沿って生える睫《まつ》毛《げ》も、画面越しに見るよりずっと長く感じる。瞬《まばた》きをするたびにぱさぱさと音がしそうで、地方局の一気象予報士なのに、たくさんのファンがいるというのも頷ける。

「知ってるんですか？　おれのこと」

瞬きをしながら、男がキャスケットを脱いだ。

「知ってるも何も」

この街に住んでいてこの顔を知らない人間は、その場でモグリ認定だ。

「『ハレモニ』観てくれてるんですか？」

「ああ観てる。今朝も観てきた」

男――気象予報士の〝はるクン〟は、ほんのりと頬を染め、参ったなと小さく舌を出した。

「嬉《うれ》しいです。けど、またってのは撤回して欲しいです」

「え？　ああ」

また外れたという発言について気づき、敦也は苦笑する。

「確かに夏からこっち、かなり打率落ちてるんだけど」

「打率?」

「予報の的中率のことです。降ると予報して降らないのが空振《からぶ》り、降らないと予報したのに降っちゃうのが見逃《みのが》し。当たったとか外れたとか、全部数字で出されちゃう」

「なるほど。厳しいんだな」

「ゲリラだのピンポイントだの、ほんと迷惑。こっちはめちゃくちゃプレッシャーなのに」

あまりプレッシャーなど感じていない様子で、はるクンはへへっと照れたように笑った。

絵に描いたような爽やか好青年と、多くの人が彼を称する。朝の番組にふさわしい少しトーンの高い澄んだ声も魅力的だ。敦也もそれに異存はない。しかし今、真横の助手席で少々ぐったりしている彼は、テレビの中の明るい好青年とは少し違った。

通りすがりに振り返りたくなるほどの美形であることには違いない。透度の高い湖のような深い色をした瞳と、すーっと伸びた鼻筋を、アヒルを思わせる口元が親しみやすく中和している。ただなんと言えばいいのだろう、こうして間近に見ると、成人男性特有のごつごつ骨張った部分がいくらか足りない気がした。

穢《けが》れのない子供。あるいは思春期前の少年。か細い首筋や尖《とが》った顎《あご》のラインは、成長途中のそれを思わせるが、ただ無邪気《むじゃき》というわけでもない。どこかアンバランスな、不思議な雰

囲気を纏《まと》っている。

「あーあ、濡れちゃった。乾かさないと」

はるクンはキャスケットについた雨粒を払った。よく見るとそれはニット製で、ざっくりと言えば聞こえがよいが、かなり粗《あら》い目で歪《いびつ》に編《あ》まれている。

「手製なのか」

「ファンの人からのプレゼントです。今年八十五歳になるおばあちゃんなんだけど、ひと晩寝ずに編んでくれたんだって」

「ファン層が広いんだな」

敦也が言うと、はるクンは嬉しそうに頷いた。

「どっちかって言うと、若い子よりお年寄りにモテるかも」

「お年寄りキラー」

「そ。ジジババキラー」

失礼な言葉を吐いてもまるで嫌味がない。得なやつだと思った。

雨脚はますます強まっている。ワイパーの作動していない車内は密室に近い。窓ガラスを伝っては落ちる雨粒を、鼻歌交じりに細い指先で追う助手席の男につられて、妙に和《なご》んでいる自分を叱責《しっせき》した。

次のアポまであと二十分。予報を外した気象予報士と、のんびり雨宿《あまやど》りなどしている場合ではなかった。

「やみそうにないな、雨」

「ほんとですね」

はあ、とはるクンはため息を落とす。予報を外したのが相当悔《くや》しかったのだろう。

徐々に顔色がよくなってきて、敦也は安堵《あんど》した。

「で、どうするつもりなんだ」

「どうするって?」

はるクンはきょとんと小首を傾《かし》げた。その様子が、やっぱりものすごく愛らしいとかそういうことは、とりあえず脇《わき》に置いておかなくてはならない。

「修理の話だ。この車、一応まだ新車なんだぞ」

自分の立場を思い出したのか、はるクンはあっと口元に手を当ててそわそわしだした。

「実は、その車おれのじゃないんです。知り合いに借りたやつで」

「なんだって」

思わず尻《しり》が浮きそうになる。

「でも、わりとおおらかな人だから、許してくれると思います多分」

「許す?」

「ええ」

「誰を」

「おれを」

敦也は開きかけた口を、ゆっくり閉じた。車の貸し主がはるクンを鬼の形相《ぎょうそう》で張り倒そうが、笑って許そうが、敦也には一切関係のない話だ。

どう説明しようかと考え込んだが、すぐに腹をたてている余裕すらないと思い直す。短時間でこれ以上込み入った話し合いをすることは不可能だ。仕事柄そういった判断は早い。

「自分の車は持っていないのか」

「一応持ってるんですけど、ずっと修理してなくて」

「修理って、まさか」

「半年くらい前に、道路に猫が死んでて、っていうかよく見たらただの布切れだったんだけど、慌ててハンドル切ったら電柱にどっかーん。で、お前は二度と今後運転するな！ って」

「誰が」

「だから、その車を貸してくれた人」

はるクンは、敦也の車にフロントを食い込ませたままの赤いスポーツカーを顎で指した。

呆《あき》れて開きっぱなしになりそうな唇を再び叱咤《しった》し、敦也はようやく言葉を紡《つむ》いだ。

「とにかくだ。こちらとしては弁償してもらえればいい。持ち主でもきみでもいいから、早いうちに保険会社と連絡取ってくれ」

「保険会社？」

「まさか入ってないとか言わないよな、任意保険」

「あーあー任意保険ね。入ってると思います、多分」

あーあーじゃないだろ多分じゃないだろ。冗談じゃない。

「なんでもいいから、そっちの責任で頼むぞ。過失割合は十対ゼロなんだから」

「大丈夫です。修理代はちゃんと払います」

「任意保険には大概《たいがい》、他車運転危険担保特約っていうオプションがついている。それを使うように保険屋と話つけて、連絡くれ」

腕時計を確認しながら、敦也は早口で必要事項を告げた。

「えっと、たしゃ、うんてん？」

「他車運転危険担保特約」

「他車、運転……運転……」

「急ぐんだ。真面目《まじめ》に聞いてくれないか」

「おれは真面目です」

「保険屋に『他人の車運転して事故った』と言えばわかる」

「へー、そうなんだ。詳しいんですね。もしかしてあなた保険屋さん？」

「違う」

他車運転危険担保特約というのは、他車、つまり自分の車以外の車を運転していて事故を起こしてしまった場合に、自分の車の保険を使って賠償金《ばいしょうきん》を支払うことができる特約だ。

「やばい、本気で遅れそうだ。とりあえず免許証見せてくれ」

「あ、はいはい」

はるクンは「どこだっけ」とあらゆるポケットをまさぐり、ようやく免許証を取り出した。

掛井《かけい》陽《はるか》。

それがはるクンの名前だった。

毎朝その顔を拝《おが》みながら、今日の今日まで敦也は彼の本名を知らなかった。番組では『気象予報士　はるクン』としかクレジットされないからだ。大学卒業したての二十二、三歳だろうと勝手に思っていたが、記載された生年月日から二十六歳だとわかった。敦也と三歳しか違わない。

しかし本当に驚いたのは、彼の年齢についてではなかった。

「東区《ひがしく》上埜町《かみやちょう》三丁目?」

「上埜通りの角んとこの、一階にコンビニが入ってるマンションです」

「……知ってる」

「え、ほんとですか?」

「ああ、よーく知っている」

知っているも何も、敦也自身がそのマンションに住んでいるのだ。

——なんてこった。

にわかには信じがたい偶然に、敦也はしばし唖然《あぜん》とし、すんでのところでクライアントに大目玉を食らうところだった。


この地方唯一《ゆいいつ》の百万人都市、ひいらぎ市。気象予報士・はるクンこと掛井陽は、ローカル局・テレビ東日本《ひがしにほん》の朝の情報番組『ハレモニ』のお天気コーナーを任されている。

キー局から配信されてくる情報番組の後半を、テレビ東日本は全国でただ一局、自主制作番組に切り替えている。キー局の番組を途中で打ち切り、自局制作のローカル放送に切り替える、俗に言う飛び降りというやつだ。

夕方のニュース番組に関しては、途中で飛び降り、番組終了間際にまた飛び乗る地方局が多い。しかし朝の時間帯の飛び降りは、テレビ東日本だけの勇気ある単独行動だ。

『ハレモニ』は、キー局の番組の視聴率を平均で五パーセント以上も上回っている。朝のローカル番組にしては異例のことだ。そしてその理由はただひとつ、看板気象予報士・はるクンの存在なのだという。

老若男女《ろうにゃくなんにょ》あらゆる層からの支持、つまり〝はるクン効果〟により、『ハレモニ』の視聴率はこの二年間絶好調だ。単独飛び降りを内心面白く思っていなかったキー局のお偉方《えらがた》も、表だって文句を言えなくなったらしい。はるクンは地域限定の視聴率男なのだった。『ハレモニ』のキャスターの顔は知らなくとも、はるクンの顔は誰もが知っている。彼を語るとき、少女たちは「超イケメン」と頬を染め、老人たちは「うちにもあんな孫がいたら」と顔の皺《しわ》を深めて微笑む。またそちらの筋《すじ》の方々はこぞって「あの小さくてきゅっと締まったお尻がたまらないのよ」と小指を立てて笑うらしい——というような情報を、何も敦也が自ら調べたわけではない。しばしば利用する事務所近くのカフェで、女子高生たちが毎日のように話しているので、嫌でも耳に入ってくるのだ。

事務所に着く頃には、雨はすっかり上がっていた。

やはりさっきのあれは、季節外れのゲリラ雷雨だったらしい。

「アポの時間には間に合ったのね」

「はい。なんとかギリギリ」

「あそこの社長は時間にうるさいから気をつけてよ」

所長の篠原環《しのはらたまき》は、卓上の書類をそれぞれのフォルダにてきぱきしまいながら、まったく災難だったわねと笑った。

篠原弁護士事務所は、所長の篠原環とイソ弁の敦也、そして司法試験合格を目指して事務アルバイト中の新山《にいやま》、三人だけの小さな事務所だ。環は四十代半ばの若さだが、一国一城の女主だ。その気風《きっぷ》の良さと歯に衣着《きぬき》せぬもの言いは、時に弁護士会の長老たちをも黙らせる。

あの篠原女史のところのイソ弁、という目に見えない庇護《ひご》に、駆け出しの頃はずいぶんと助けられた。何より敦也が生まれ育った東京《とうきょう》を離れ、ここひいらぎ市で弁護士登録をした理由を、環は誰よりも理解してくれている。ありがたいことだと思う。

「新山、さっきの破産申立《もうしたて》書類の用意、できてるか」

「コピーと印紙と郵券、全部用意できてますけど、時間ギリギリっすよね。須賀先生、車ないなら地裁までタクシー呼びましょうか」

「あ、そうだった。すぐに呼んでもらえると助かる。それと、戻ってきて書類まとめたらすぐ別件で出なくちゃならないんだ。明日が口頭弁論だから」

「ローンズサトウと地裁には、俺がファックスしておきます」

「サンキュ」

そろそろ景気回復かと期待ばかり膨らむ昨今だが、多重債務でクレジット会社から個人が訴えられるケースは減る気配もない。

「須賀先生、タクシー三十分待ちだそうです。下で拾った方が早いかもしれません」

受話器を置いた新山が振り返った。

了解、とドアノブに手をかけたところで「あ、須賀くん」と環に呼び止められた。

「はい」

「てんびん座は今日、運勢最悪だそうよ。今朝の占いコーナーではるクンが言ってたわ。車擦られたのも、そのせいかも。はるクンの占いってわりと当たるから、日づけが変わるまで気をつけたほうがいいわよ」

「……わかりました」

そのインチキ占い師こそが車を擦った張本人だと言ったら、環はどんな顔をするだろう。

「ついでに須賀先生、今日は思いがけず狭い場所に閉じ込められるかもしれないそうですから、気をつけてくださいね。そんなてんびん座のあなたのラッキーアイテムは耳栓《みみせん》だそうです、耳栓。よかったら俺の耳栓、貸しましょうか」

新山までそんなことを言う。ひいらぎ市民は少なからずそんな感じだが、あいにく敦也は科学に裏打ちされない運勢などというものを、微塵《みじん》も信じていない。だから天気予報の後の占いコーナーが始まると、やおらチャンネルを変えるのだ。

新山の親切な申し出を丁重に断り、急いで事務所を飛び出した。

「なぁにが耳栓だ。くだらない。だいたい気象予報士のくせに、他人の運勢まで語ってんじゃないっての」

外階段を駆け下りると、ちょうど角からタクシーが曲がってくるのが見えた。

ほら見ろ、運勢最悪どころかジャストタイミングだ。

敦也はほくそ笑み、タクシーに向かって小さく手を挙げた。

弁護士の仕事はボランティアではない。収入は顧客《こきゃく》からの報酬《ほうしゅう》がすべてであり、事務所の家賃や光熱費はもとより、イソ弁である敦也の給与も当然そこから賄《まかな》われている。儲《もう》からないよりは儲かった方がいいに決まっている。

刑事事件は金にならないから扱わない。そう公言して憚《はばか》らない同業者も少なくないが、敦也は民事・刑事、どちらも分け隔てなく受ける。格好つけているわけではないが、目の前で困っている人を捨て置けないという生来の性分《しょうぶん》が、断るという行為を躊躇《ためら》わせるのだ。

敦也のやり方に環は口出しをしない。「うちは放任だから」という口癖《くちぐせ》の陰に、深い愛情を感じる。仕事の質を落とさず数をこなすことで、せめてボスの思いに応えようと思っている。

十五年前に亡くなった父も、きっとこんな毎日を送っていたのだろうか。

ふとそんなことを考える瞬間がある。

尊敬していた父。大好きだった、頼もしく広い背中。

少しでも父を傍《そば》に感じたくて、敦也はこの街にやってきた。父と同じこの仕事を選んで。

その日、帰宅したのは午後十一時を少し回ったところだった。昼間の展望台での一件で午後の仕事が押してしまい、いつも以上に疲弊《ひへい》していた。ソファーの背もたれに上着を脱ぎ捨て、風呂の湯を張りながら缶ビールのプルタブを引く。ささやかながらも至福のひとときだ。

ゴクリと喉《のど》を鳴らし、不要なＤＭを仕分けていると、インターホンが鳴った。こんな時間に訪ねてくる人物を、咄嗟《とっさ》には思いつかない。誰だろうと訝《いぶか》りながらモニターを覗くと、そこには思いもよらない男の顔が映し出されていた。

『おこんばんは～』

陽だった。

こんな夜中に何の用だと訝りつつも、敦也は玄関のドアを開けた。同じマンションに住んでいるだけあって、陽はTシャツにジャージという超軽装だ。

「さっきはどうも」

車を擦った相手に「どうも」というのは、果たして正しい挨拶《あいさつ》なのか。

「どうしたんだ、こんな時間に」

「ねえ六階って、海見える？」

「は？」

「おれの部屋さ、十三階だから海が見えるんだよね。須賀さん海とか好き？」

別に好きでも嫌いでもない。というかその話し方はなんだ。いきなり距離を縮めてくるタイプの人間を、敦也はあまり好まない。

「今は夜だから海までは見えないんだけど、夜景もまあまあきれいだよ」

――こいつは……。

いくらか頭が弱いんだろうか。敦也は目を眇《すが》めた。

少なくともテレビ画面の中の彼を見る限り、そういった気配は微塵も窺《うかが》えない。

少々滑舌《かつぜつ》の悪いところも、アナウンサーではないのだからご愛嬌《あいきょう》で、むしろ親しみやすくさえある。少なくとも今日会ったばかりの、しかもトラブルを起こした相手の家のインターホンを夜中に突然鳴らし、いきなり「海が見えるか」と尋ねる非常識な男には見えない。もとい、見えなかった。

「掛井さん」

「陽でいいよ」

特別な意味でもあるみたいに、陽は上目遣《うわめづか》いに敦也を見上げた。敦也は自分たちが友人などではないことを強調するため、再度「掛井さん」と呼びかけた。

「海と夜景の話なら、また今度にしてくれないか」

陽は軽く肩を竦める。

「忙しいの？」

「そうじゃない」

そういう問題じゃない。

「用がないなら――」

帰ってくれと告げようとした時、陽がおもむろに言った。

「ちょっと、一緒に来て欲しいんだけど」

にっこりまったりと、陽が微笑む。屈託《くったく》がなさすぎて不気味ですらあった。

「どこに」

「おれの部屋。ちょっと困ったことが起きて……かなりヤバイ状況なんだ」

陽は大仰《おおぎょう》に眉根《まゆね》を寄せてみせた。

「空き巣《あす》にでも入られたのか」

「うーん、どっちかっていうと殺人未遂《みすい》？」

驚きに目を見開く敦也の前で、陽は淡々と語る。

「とにかく来てもらえないかな。来ればわかるから。どうせひとりなんでしょ？」

とんでもなく失礼な台詞をにこやかに吐きながら、陽は玄関のたたきを指さした。

「女ものの靴《くつ》とかあったら、さすがに遠慮しようかと思ったんだけど」

「…………」

悪かったなひとりで。

イライラと、しかし結局、敦也は陽の後についてエレベーターに乗った。なぜなら陽が右足にスニーカーを、左足にサンダルを履《は》いていることに気づいてしまったからだ。

平気そうに見せかけていたが、相当慌てていたに違いない。ヤバイ状況というのがなんなのかは知らないが、おそらく本当にのっぴきならない状態に陥って部屋を飛び出してきたのだろう。夜だからということをさっ引いても、その顔色は昼間と同じくらい青ざめていた。

何があったのか。狭い箱の中で敦也は、その薄っぺらな背中を見つめた。

「どうぞ。散らかってますけど」

通された部屋は、これといった特徴もない、殺風景な男のひとり住まいといった雰囲気だった。ただひとつのことを除いては。

「これは……どうしたんだ」

「だから散らかってるって言ったでしょ」

散らかっているというのとは微妙に違った。壁《かべ》の白いクロスには見事な大輪の花が描かれ、その真下には割れたワインボトルと破片《はへん》が散らばっている。壁の赤い花は、どうやら赤ワインのシミのようだ。殺人未遂。言い得て妙だ。

「痴話喧嘩《ちわげんか》ってやつ？　ほんと参っちゃうよ。いっきなりガッシャーンだもん。ロバだかネコだかいう何万もするワインらしいよ。もったいない」

陽はへらへらと首を竦めながら、なぜか赤い壁をまっすぐ見ようとしない。

「自分で持ってきて自分で投げてちゃ世話ないよねーまったく。浮気したとかしないとか、もうやってらんない。あ、そこから投げたんだよ、ほら、今須賀さんが立ってるところ」

敦也は思わず自分と壁との距離を確かめた。

部屋の端《はし》から端、その距離はゆうに四メートルはある。

「そこからね、こう、ひゅぅ～～んって、ボトルが空中を飛んだわけ」

人差し指を立て、腕で百八十度の放物線を描き、陽は幼稚園児並みの解説をした。指された先を視線で辿《たど》れば、なんと天井《てんじょう》にまで赤いワインのシミが派手に残っている。

「それで？」

「それでって？」

「痴話喧嘩の果てに、ロマネコンティが壁に投げつけられたことはわかった」

「まったくみっともないよね。男のヒステリーっておれ、ダイキライ」

「おと……」

相手は男なのかと一瞬ひるんだが、いちいち陽のペースに巻き込まれていては、まとまる話もまとまらなくなる。

「で、要は俺にどうして欲しいんだ」

「そうそう。申し訳ないんだけどそこのボトル片づけて、壁のワインを拭《ふ》いて欲しいのです」

「はっ？」

「聞こえなかった？　割れたボトルを片づけてぇ」

「帰る」

言うなり敦也は玄関へと向かった。

「えっ、なんで、ちょっと待ってよ薄情だな。いいじゃん、割れたボトル片づけるくらいさあ。あとでコーヒーご馳走《ちそう》するから」

背後霊のように纏わりつく陽を無視し、敦也は無言で靴に片足を突っ込む。

「ご近所のよしみでなんとか」

「……………」

「ねえお願い。お願いします。アレがあのままだとおれ、気になって仕方ないんだ」

「気になるなら、自分で片づければいい」

「自分で片づけられるくらいなら、こんな時間にわざわざ須賀さんなんか呼びにいったりしないよ」

なんか、だと？　ピキッと音をたてんばかりに眉間《みけん》に皺が走った。

「ねえ助けてよ。このままじゃ寝られない」

「じゃあ寝なければいい」

「明日も早いんだ。毎朝五時に局入りなんだ」

知ったことかと敦也は、ドアに手をかけた。

「ね、お願い。一生のお願いです。どうしても自分じゃ片づけられないから、今日会ったばっかりの、どこの馬の骨とも知れない人に、こうやって誠心誠意助けを求めてるんじゃない」

「……………」

「寝ないと明日、保険屋に電話するの忘れちゃいそう」

「お前っ、まだ連絡してなかったのか」

敦也は思わずキッと振り返る。血圧が二十ほど一気に上がった気がした。

「すぐに連絡しろと言わなかったか」

「今夜ぐっすり眠ったら、明日朝一番で電話するから。だからお願いします」

もしかして俺は今、喧嘩を売られているのだろうか。新手《あらて》のやり方で。

敦也は目の前の悪びれない顔を睨《にら》みつけた。

「どうして自分で片づけられない。理由を言え」

「嫌いだから。赤ワイン」

「飲むわけじゃない。片づけるだけだろ」

「ワインは飲めるよ。味は嫌いじゃない。ってかむしろ大好き？　ちゃんとグラスに注がれていればね。特にネコなんとかは前にも飲んだことあるけど、すんごく美味《おい》しいよ」

敦也は口を半開きにしたまま、理解不能な台詞を繰り出す黒目の大きな異星人を見つめた。

「零《こぼ》れたワインが嫌いなんだ。見たら多分その瞬間に、吐く」

「吐くって……」

その瞬間、敦也の脳裏《のうり》に昼間見た光景が浮かんだ。

蹲《うずくま》る頼りなげな背中と小刻みに震える肩。

いつも番組の中で見せている明るい笑顔とはまるで違う、怯《おび》えるように潤《うる》んだ瞳。

風船から空気が抜けるように、しゅるしゅると怒りがしぼんでいく。怒りが持続しなくなったら年を取った証拠だと誰かが言っていた。

「雷が嫌いだっていうのと同じ理由なのか。ワインが嫌いなのも」

「だから昼間も言ったとおり、雷が嫌いなんじゃなくて突然の大音響が嫌いなんだ。それからワインが嫌いなんじゃなくて、零れた赤ワインがぁ」

「ああ、わかったわかった。もういい」

どっと嘆息《たんそく》し、敦也は履きかけた靴を脱いだ。

「ほうきと雑巾《ぞうきん》、よこせ」

その言葉に陽の瞳がぱっと輝く。

「やってくれるの？　片づけ」

「言っておくが、そのわけのわからない理屈を理解したわけじゃないぞ。とっとと寝て、明日朝一番で保険会社に電話してもらうためだ」

「なんでもいいよ。片づけてくれるなら」

鼻歌でも歌い出さんばかりの上機嫌で、陽はふたたび敦也を部屋に招き入れた。

「ありがとう。今コーヒー淹《い》れる」

「結構だ」

「遠慮しなくていいってば」

「こんな時間にカフェインはいらない。零れたワインを見たくないんだったら、そっちに行ってろ。あーあ、壁のここ、傷がついてるぞ。一体どんな投げ方したんだか」

ぶつぶつと文句を垂れ流しつつ、敦也は割れたワインボトルを片づけ始めた。

困った人を放っておけないこの性格は、今に始まったことではない。

優しくて正義感の強いしっかり者。お父さんにそっくりね。そんな周囲の評価が、今日の敦也を作り上げた。弁護士はある意味天職だと言える。何せてんびん座だ。

尊敬する父親にそっくりと言われるたび、幼い敦也の心には得も言われぬ喜びと満足感が広がった。聡一郎《そういちろう》が亡くなった後も、持ち前の真っ直《まっす》ぐな正義感が揺らぐことはなかった。気弱になった母と姉を、男の自分が支えなくてどうする。そんな思いが敦也をますますしっかり者にした。

ただ、正直こんな時ばかりは損な性格だと思ってしまう。

厄介と知りつつ断れない、己の性分を呪《のろ》った。

厄介を運んできた張本人は、敦也がてきぱきと床や壁を掃除する間、さして広くもないベランダに佇《たたず》んでいた。手すりに凭《もた》れかかるように顎を乗せ、街の灯《あか》りで星ひとつ見えない真っ暗な夜空を、ぼんやり見つめている。

不意の夜風に、柔らかそうな髪がさらりとなびく。形のいい額が露《あらわ》になると、その横顔はまるで十代の少年のようだ。敦也は思わず手を止め、薄暗いベランダに浮かび上がる無防備な横顔に見入った。

狭い車内で数時間前にも確かに感じた。掛井陽という青年が纏う、どこか不思議な雰囲気。

あどけないのに、なんだか泣き出しそうにも見える。仔猫《こねこ》のように大きく潤んだ瞳の色は、無邪気さよりもむしろ諦《あきら》めとか寂しさといった、もの悲しさを感じさせた。

たとえばそう、とてもとても大切なものを無くしてしまった、迷い子のような。

「終わったぞ」

背後から声をかけると、陽ははっと驚いたように振り返った。

「もう終わったんだ」

「ああ。それじゃあな」

「あ、あの、コーヒーいらないいんならビールでも」

「いや、帰る。明日早いんだろ」

「そうだけど、このままじゃおれ、なんかすっげぇ非常識で図々《ずうずう》しいヤツみたいじゃない」

夜中に呼び出した挙げ句、痴話喧嘩の跡片づけをさせた時点で十分に非常識で図々しい。お釣《つ》りがくるくらいだ。洗面所で手を洗いながら敦也はフンと鼻白んだ。

と、その時。玄関のインターホンが鳴った。

「やばっ、もう来ちゃった。どうしよう」

傍《かたわ》らの陽が突然そわそわし出す。もう、というからには予定していた客なのだろう。敦也はそそくさと玄関に向かった。

それにしてもこんな夜中に次々と客を迎えるとは。ワインを投げた男じゃないとしたらまた別の男なのか。朝が早いくせに、陽はとんでもなく宵《よい》っ張《ぱ》りらしい。

「じゃあ、俺はこれで」

「ちょっ、ちょっと待った」

敦也のシャツの裾《すそ》を、陽がぐいっと摑《つか》んだ。

「なんだ」

「すぐ済む用事だと思うから、ちょっとだけあっちに隠れてくれないかな」

小声でささやきながら、陽は奥のベッドルームらしき部屋を指さした。

「はあ?」

「お願い、今ここに須賀さんがいると超マズイんだ」

「俺がいるとなんでマズイんだ」

「須賀さんがというか、とくかくここに誰かいるとマズイんだよ。特に男は」

「お……っておいっ、うぐ」

俺はお前の男じゃないだろ！　と叫ぶ寸前、陽の手で口元を塞《ふさ》がれてしまった。

「とにかく急いでそこのクローゼットに。狭いけどちょっと我慢して」

背中をドンと押され、敦也はドアの開いたままのベッドルームの奥、畳《たたみ》一枚ほどのスペースに閉じ込められた。

十秒後、少しだけ扉《とびら》が開いたと思ったら、履いてきた自分の靴が顔面を直撃した。

「痛ってっ！」

「シーッ！　声出さないでね」

靴の踵《かかと》に直撃された額を押さえながら唸《うな》っていると、玄関方面から「おい陽、いないのか」

という男の声がした。

「はいはい、いますよ。ちょっと待って、今開ける！」

バタバタと、足音が遠ざかっていく。

内側から扉を蹴破《けやぶ》ってやろうと腰《こし》を浮かせた時、客人らしき男の声が聞こえた。

「誰か来てたのか」

「なんで？　ひとりだったよ、ずっと」

「ふうーん」

「どこかおかしい？　部屋」

「いや別に。なんとなくそんな臭《にお》いがしただけだ」

「どんな臭い？」

「若い男の臭いだ」

かなり鼻のいい客らしい。

敦也は暗闇《くらやみ》で、意味もなく自分のシャツの臭いを嗅《か》いだ。

「こんな時間に誰も来るわけないっしょ」

「だよな。あれだけ厳しく言ってあるんだから。俺に隠れてこそこそ男連れ込んだりしたら今度こそただじゃ済まないぞ。わかってるだろうな」

「はーいはいはい。わかってるって、うるさいなあ。それより頼んだもの買ってきてくれた？」

「ちゃんと買った。ほら」

「わお、やったぁ」

ガサガサと包装紙を破るような音がする。ふたりの会話やもの音まで、すべてが鮮明に聞こえる。人をクローゼットに閉じ込めておきながら、ベッドルームのドアは開けっ放しらしい。

「返品はきかないぞ」

「わかってる。いくらだった？」

「バイブの方が五千八百円のところ、三十五パーオフで三千七百円。ローションは新製品だから原価で千百円だ。二本だったよな」

「弱酸性で水溶性の探してくれた？　粘《ねば》り弱めの」

「そう書いてあるだろ」

「バイブのサイズは？」

「言われた通りちゃんとMを買った。というか説明書くらい自分で読め」

——バイブ？　ローション？　粘り？

敦也は首を捻《ひね》り、しばし考え込む。

「えーっと、アナルにピッタリ収まりやすいプラグ形状に加えて、回転ヘッドが前立腺《ぜんりつせん》をぐりぐりと刺激！　今までにない快感をお約束します、だって。しかもまるごと水洗いＯＫだってよ。いいね、前のは洗えなかった」

「声に出して読むんじゃない」

――前立腺って、おいっ！

そっちの趣味はない敦也でも、およその見当はつく。要するに陽は、いわゆる大人のオモチャを買ってきてくれと依頼したのだ。この客人に。

敦也は慌ててポケットからスマホを取り出し、液晶のわずかな明かりでクローゼット内を照らした。頭頂部をくすぐっているのは、ハンガーにぶら下げられた服やバッグだ。床のスペースを占領し、敦也の居場所を狭めていたのは、大きな段ボール箱だった。開いたままのそれを何気なく覗き、敦也は静かにぎょっとした。

「『激しく突いて、部長』……」

数々のアダルトＤＶＤが、ぎゅうぎゅうにつめ込まれていた。パッケージには一様に男と男の絡《から》み合う写真が。ほかにも気色の悪い色をした怪《あや》しげなオモチャやら、直視するのを躊躇ってしまうような表紙の雑誌もある。それらのものに混じって、なぜか預金通帳とやけに古いドロップの缶が放り込まれていた。

無法地帯だ。わけがわからない。

「なんか急にしたくなった」

「あぁ～っ？」

「注意書き読んでたらさ、したくなっちゃった。むずむずしてきた」

「勝手にすればいいだろ。俺は帰るぞ」

「なんだよ、つれないなあ。手伝ってよ」

「あのなぁ」

男の深いため息が、クローゼットの扉越しにもはっきりと聞こえた。

「恋人作るなって言ったの、鴻上《こうがみ》さんだろ」

「俺は恋人を作るなとは言っていない。ワケのわからんセフレを、次々部屋に連れ込むなと言っているんだ」

「セフレじゃないよ。ただの友達。それに連れ込んでなんかいない。勝手についてくるんだ」

「同じことだ！」

鴻上という男の怒鳴《どな》りたくなる気持ちが、敦也には手に取るようにわかった。

「いいかよく聞け、陽。お前のその顔はな、朝の爽やかなお茶の間に毎日毎日繰り返し放映されているんだ。自覚はないかもしれないが、この街じゃお前は超のつく有名人だ。頼むからもう少し分別のある行動をだな」

「有名人はえっちなことしちゃいけないの？」

「そういうことを言っているんじゃない」

「ああもう、こんな時間じゃん。早くしないと明日起きられない。いつも以上にさっさと済ますから、ね、お願い」

足音とともに、陽の声が近づいてくる。

狭苦しいクローゼットの中で、敦也は思わず身を硬くした。

「たまりすぎて、放送中に耳とか鼻から精液垂れ流しになったら困るっしょ」

「どんな体質なんだ」

「スイッチ入れてくれるだけでいいから」

「断る」

「たまーに漏電《ろうでん》事故とかあるらしいよ、こういうバイブ。おれがひとりえっちの最中に感電死なんかしてたら、番組打ち切りだよ。鴻上さんは責任取らされて局をクビだ」

「ひとりでもふたりでも、感電する時はするだろうが」

「ねえ、こっちに来て手伝って」

「断ると言っただろ。こっちで煙草《たばこ》吸ってるから、終わったら教えろ」

まったくやってらんねえ、という鴻上の投げやりな台詞が聞こえる。〝手伝い〟は断ったものの、ドアを開けたまま陽のオナニーが終わるまで待つことにしたらしい。

――ということは、まさかあいつはここで。

ベッドとクローゼットの距離は、五十センチもない。

どこか楽しげな衣擦《きぬず》れの音の意味を、敦也はなるべく考えないようにした。

「恋人も作れない上に、ひとりえっちは苦手。おれって可哀相《かわいそう》すぎるよね」

「さっさとしろ。俺はそんなに暇《ひま》じゃねえんだ」

「すぐ終わるって。もう半勃《はんだ》ちだもん。やっぱギャラリーがいると燃える」

ギャラリーがひとりだけではないことを知らないのは、鴻上だけだ。

「あんっ」

鼻と喉から同時に抜けるような艶《つや》っぽい吐息《といき》。とんでもないことになったと思ったがもう遅い。今飛び出していけば、事態はますます面倒なことになる。

「……ン、ふ……サイズ、ぴったり」

「それはよかったな」

「イボイボが、超気持ちいい……あ、ん」

無駄《むだ》な抵抗と知りつつ、敦也はできるだけ強く耳を塞ぐ。そして今日最後に会ったクライアントのカツラが微妙にズレていたことだとか、冷蔵庫の牛乳の賞味期限が切れかかっていたことなど、なるべく現状と関係のないことに思いを廻《めぐ》らせた。

それなのに。

「いっ……ん、あ……やっ」

ねっとりと湿《しめ》った声が、敦也の鼓膜《こまく》に届く。どんなに強く耳を塞いでも無駄だった。

「ああっ……く」

ぬちゃぬちゃという湿った音に、今度はブーンという羽音のような音が混じる。ローターのスイッチを入れたらしい。

「あっ、い……すっ、ごい」

ブーンが、フィーンに変わる。

「やっ……ンァッ、ああっ」

聞く者の聴覚を狂わすような嬌声が、敦也の耳の穴を舐《な》めまわす。

――やめろーっ！

声を出さずに叫んだ。

ズラも牛乳も、一瞬にして宇宙の彼方《かなた》へとふっ飛んでゆく。

「あ、イ……くっ」

「それはよかった」

冷静な声は鴻上だ。

「あ、ああっ、イッ――んっ」

ギギッ、ギギッと何度かベッドの軋《きし》む音がして、やがて静かになった。荒かった呼吸音が平常に戻ると、リビングから鴻上が声をかける。

「終わったか」

「……うん。イッた」

「それじゃ、俺は帰るぞ」

「あ、ちょっと待って」

お金お金、と陽が立ち上がった……らしい音がした。

目に見えなくても、人はその気になれば目の前で起こっている事象について、かなりの部分を想像で補うことができるのだと、敦也は今夜思い知った。

それにしてもクローゼットの扉というのは、これほどまでに薄いものだったのか。ひどく疲弊した頭の片隅でぼんやり考える。ティッシュを抜く音。さまざまの始末する音。陽の鼻歌やキッチンの水道で何かを洗う音まで聞こえる。きっと『水洗いＯＫ』のアレだ。

「じゃあな。明日遅刻するなよ」

「はいはい。ありがとう。またよろしく」

「冗談《じょうだん》やめろ。いつまでも俺がこんなことにつき合うと思ってるのか」

「思ってる」

「あのなあ」

「本当なら、こんな買いもの頼んだりとか面倒なことしないで、鴻上さんの立派なソレでグイグイしてくれれば話は早いんだ。お互い楽だし気持ちいいし」

「気持ちいいのはお前だけだろ。てか、なんで俺のが立派だと知っているんだ」

「前にロケで温泉行ったでしょ。あの時チラッと見ちゃったんだよね。あんまりでっかくて、その晩夢に出てきたくらい――痛てっ」

バカやろうという鴻上の語尾はしかし、どこか優しげに笑っていた。ロケという言葉が出るあたり、おそらく陽の仕事関係の人間なのだろう。

「何度も言ってるだろ、俺は」

「はいはい、わかってます。『俺が愛しているのは、たまちゃんだけ』でしょ？　だったらなんで離婚なんかしたんだよ」

「大人の事情ってやつだ。子どもにはわからんだろうがな」

「二十六はれっきとした大人だ。選挙権だってあるし、酒も飲める」

「オナニーの見学なんかさせなくなったら、大人だと認めてやる」

チェッと舌打ちする、陽のすねたような顔が目に浮かぶようだ。敦也は暗闇でひとり、口を尖らせた陽の顔を思い浮かべた。

「ねえ鴻上さん、前から聞こうと思ってたんだけど」

「なんだ」

「再婚する気ないの？　たまちゃんと」

「あぁ～？」

鴻上の声が胡乱《うろん》げに裏返る。

「だって鴻上さん、もう五年も男やもめなんだろ？　そろそろ蛆《うじ》がわくんじゃないかと」

「こう見えておれは綺麗《きれい》好きだ。蛆どころか塵《ちり》ひとつねえ部屋で快適に暮らしている」

「男がいたりして」

「何度も言うが、俺は男を抱く趣味はない。ボインボインでぷるんぷるんのGカップが好きなんだ」

「たまちゃん、どう見てもAカップ……あ、わかった。それが離婚の原因か」

バカバカしいと、鴻上が立ち上がる気配がした。

「くだらねえことばっか言ってねえで、早く寝ろ」

「ふあーい。あ、そういえば鴻上さんさ、運転が危険……じゃなかった、他人の危険な担保がどうとかっていう保険知ってる？」

「なんだそら」

「ほら昼間、おれが車擦っちゃった相手の人に言われたんだよ。そういう保険に入ってるはずだから聞いておけって。なんだっけなあ、危険……特別危険、保険……あ、そもそもおれって任意保険入ってたっけ」

敦也は思わずクローゼットからバァァーンと飛び出しそうになった。

「特別危険な運転というからには、暴走族だの、そっち方面用の保険なんじゃないのか」

「そうかも」

「そんなへんちくりんな保険には入っていないと言っておけ」

「わかった」

「まったくお前は、あれほど運転するなと言っておいただろーが」

「ごめんなさい、さすがに懲《こ》りたからしばらくしない」

「しばらくじゃない。二度とするな」

ベッドルームから遠ざかってゆくふたりの会話を聞きながら、敦也はこめかみを押さえ静かに首を振った。

やがて玄関の閉まる音に続いて、陽が駆け戻ってくるパタパタという足音がした。

「須賀さんごめん！」

いきなりの明るさに、瞳孔《どうこう》が縮む鈍い痛みを感じた。

「ちょっと予期しない展開になっちゃって。参ったな。へへっ」

クローゼットの中に自分がいることを知っていて、あんな恥知らずな声を上げた人間が、へへっと無邪気に顔を赤らめることが信じられない。

敦也は先ほど顔面に投げつけられた靴を手に、無言のまま玄関へ向かった。

「あ、待ってよ」

「…………」

「ねえ、須賀さんってば」

誰が待つか。とっととお暇《いとま》しないことには、次にまた誰かがインターホンを鳴らし、再びクローゼットに放り込まれないとも限らない。

「ね、怒ってる？」

「………」

「ごめんなさい、急にもよおしちゃって」

敦也は腹だちまぎれに、靴を玄関のたたきに投げ落とした。

「もよおしたら公道で小便するのか。お前は犬なのか」

「まあそう意地悪言わないで。ここは公道じゃないし。それよりさっきの保険ってあれ、危険なんだっけ。危険……上等運転保険だっけ」

「他車運転危険担保特約」

ドアノブに手をかけた敦也が苦々しく答えると、陽は「あ、そーそーそれそれ」と嬉しそうにひとつ手を叩いた。

ひどい頭痛がする。

こんなゼンマイ仕掛けのおさるみたいな男が、ひいらぎの空を担っているなんて。

「あとのことは保険会社同士で話してくれと伝えておけ。変態バイブ男に」

精一杯の嫌味にも、陽は「うん、わかった」ととびきりの笑顔で頷いた。そして。

「なんかおれ、気が利かなくてごめんなさい」

「なにが」

「須賀さんが、まさかこっちの人だとは思わなくてさ。ふふ」

意味ありげに陽が微笑む。

「こっち？」

こっちとはどっちだ。

「鴻上さんなんかさっさと帰して、須賀さんにお願いすればよかった」

掃除以外にも何か手伝わせようという魂胆《こんたん》だったのか。訝る敦也の股間《こかん》を、陽の細い人さし指がおもむろに指した。

「今度から須賀さんにお願いすることにする」

「だから一体なにを――あっ」

敦也は思わず声を上げた。卒倒しなかったのが不思議なくらいだ。

陽に指されて見下ろしたそこは、見事なまでにすっかり勃ち上がり、スラックスの前立てを力強く押し上げていたのだ。

「な、んで」

「なんでって、興奮したからでしょ。おれの声に」

まさか、そんなバカな。

「人は見かけによらないよねえ。須賀さん、ノンケの日本代表みたいな顔してるのにこんなに勃っちゃってるし。鴻上さんなんていつもその気マンマンみたいに見えるんだけど、おれのひとりえっちとか見ても、ぜーんぜん勃たない——うわっ」

えへらえへらと楽しそうに語る陽を突き飛ばし、敦也は玄関を飛び出した。

これは何かの間違いだ。間違いに決まっている。

今度給料が上がったら引っ越そう。絶対に引っ越そう。固く心に誓《ちか》った。

誓いながら、新山に耳栓を借りなかったことを、痛烈に後悔した。

九月も終わろうという木曜日、半月ぶりに休みが取れた。天気は快晴。敦也は迷わず志乃夫岳に向かった。

麓《ふもと》の駐車場に車を停めると、ザックを背に慣れた足取りで山道に入った。

もう何度目の登山になるだろう。あらためて数えたこともないが、うねるような山道の曲線や季節ごとの山肌の色合いは、目を瞑《つむ》っていても目蓋《まぶた》の裏に描くことができる。

初めて志乃夫岳に登ったのは、十四年前の五月。気が触れそうなほど長く重苦しい冬が終わり、ぼんやりと過ぎた春の後に訪れた初夏のことだった。

その半年前の十一月、ある日の夕刻のことだ。乗員乗客二百名あまりを乗せた旅客機が、管制塔のレーダーから突然姿を消した。

『これ……まさかお父さんの乗った飛行機？』

夕方の団欒《だんらん》の時刻だった。

速報のテロップに、母、姉、そして敦也の三人は凍《こお》りついた。震える声で、父の勤める弁護士事務所に確認の電話を入れる母。出張先の北海道《ほっかいどう》から、その便に乗ると父から連絡があったのは、わずか三時間前のことだった。関係者総出であれこれ手を尽くして調べたが、万にひとつとの願いも虚《むな》しく父・聡一郎は間違いなくその便に乗っていた。

それからの数日間のことを、敦也は今もはっきりと思い出すことができない。遺体の確認は母がした。本人と即座に確認することの難しい状態の遺体を、子供たちの目に晒《さら》すことを母は拒んだ。だから敦也の記憶にある最後の父は今でも、出張の朝の元気な笑顔だ。

身元の確認作業はどうにか年内に終わったが、山はすでに雪で閉ざされ、遺族たちが初めて志乃夫岳の尾根に登ることができたのは、事故から半年経った翌年五月のことだった。父の遺体が発見されたその場所に、母と姉と三人で泣きながら墓標を立てたことが、昨日のことのように胸に蘇る。

この季節の山は昼間でもかなり涼《すず》しい。日が翳《かげ》ればがくんと気温が落ちる。それでも三時間かけて事故現場である沢に到着する頃には、敦也の顎からは汗が滴《したた》り落ちていた。

「父さん、来たよ」

山肌《やまはだ》をこそげ取ったような不自然な土地には、たくさんの墓標が点々と立てられている。みな同じような形だが、敦也は迷うことなく父の墓標の前で膝《ひざ》を折った。

手を合わせ、瞳を閉じ、祈るひととき。鳥のさえずりだけが遠く聞こえる。

父の好きだった銘柄《めいがら》の煙草を、新しいものと交換する。ふた月前に供《そな》えたものは、雨風に晒され汚れていた。新しいパッケージを開け、一本取り出す。持ってきたライターで火をつけてひと口深く吸い込み、空に向かってゆっくりと吐き出した。噎《む》せそうになるのを堪《こら》える一瞬、いつも父の横顔を思い出す。なんだってこんな不味《まず》い煙《けむり》を好んだのか、いつか聞いてみたいと思っていたのに、尋ねる前に逝《い》ってしまった。

初秋の空に、紫煙《しえん》はゆらゆらと昇りやがて儚《はかな》く消えていく。

いつまで経ってもこの味には慣れない。敦也が煙草を吸うのは、この場所だけだ。

東京生まれの東京育ち。都内の法科大学院を卒業する間際に、姉が結婚した。母が姉夫婦との同居を望んでいたことは、なんとなくわかっていた。母の傍には姉がいる。ならば自分は父の傍にいられないか。意識して望んだわけではないが、折も折、大学の先輩からひいらぎ市内にある環の事務所を紹介された。偶然と片づけることはできなかった。

いつしか遠く西の空に、朝にはなかったはずの雨雲が現れた。そういえば午後から降るかもしれないと、今朝の天気予報コーナーで陽が言っていた。

——陽……。

この間のあれは、一体なんだったのか。他でもない自分のことだというのに、まったく理解不能だ。陽の声になぜあれほど興奮したんだろう。大人になってからはもとより、少年時代ですら、そういった欲求についてコントロールを失った記憶はない。確かにこのところ忙しくて、処理をしていなかった。同性のあえぎ声に反応してしまうほどたまっていたということなのか。

信じたくなどない。信じたくはないがしかし、心の一番奥の奥にへばりついたほんの小さな染みのような部分に、いきなりライトを当てられてしまったという気もする。よりによって、染みの原因であるところの超本人に。

テレビ画面の向こうの存在でしかなかった頃、敦也は毎朝、はるクンという名の人気気象予報士を不可思議な感覚で観ていた。人好きのする笑顔で飄々《ひょうひょう》と天気を語る一方で、ふとした瞬間に見せる表情の翳り。最初に気づいた時、そのあまりに仄暗《ほのぐら》い瞳の色にひどく胸がざわついたことを覚えている。

それでは今日のお天気です。

決まりの台詞を口にして空を見上げるほんの一瞬、陽は恐ろしい夢から覚めた子供のような目をすることがある。夢と現実の狭間《はざま》で戸惑う幼子《おさなご》のような、不安と恐怖の入り交じった瞳だ。朝の忙しい時間に、敦也がつい『ハレモニ』にチャンネルを合わせてしまうのは、無論その日の天気が気になるからなのだが、それは半分で、残りの半分ははるクンという気象予報士の存在が、どうにも気になるからだった。

半年くらい前のことだ。前日の飲み会で深酒をした新山が、自宅に帰れなくなって敦也の部屋に泊まった。翌朝、死に体《てい》の新山を容赦《ようしゃ》なく叩き起こし、ウコン入りのドリンク剤を飲むよう促していると、テレビから陽の声が聞こえた。

『二日酔いなのに、一日中雨とか。最悪っすね』

自分勝手な泣き言を言う新山に、敦也はずっと気になっていた疑問をぶつけてみた。

『はるクンってさ、たまに一瞬、すごく暗い顔するよな。あれ、なんでだろう』

すると新山は黄色い缶を片手に、きょとんと目を瞬かせた。

『暗い顔ですか？　はるクンが？』

ふたりで視線をテレビ画面に移す。その日の中継は市内の幼稚園からで、園児たちに囲まれた陽はいつも以上の笑顔で園庭狭しとはしゃいでいた。

『はるクンとけっこんしゅる～』『あたしも～』と、おませな女児たちが陽の腰にぶら下がる。

彼女たちの頭を順に撫《な》でながら陽は『それでは週間天気です』と視線を上げた。

笑っていた。弾《はじ》けそうな笑顔で。

その日がどんな天気でも、観ている人たちに明るい一日を約束する。そんな笑顔だ。

『どこが暗いんですか。めっちゃ笑ってますよ。はるクンって、全財産が入った財布落としても、にこにこ笑ってる感じがします』

新山はそう言って、ぐいっと一気にウコンを飲み干した。

おそらく新山だけではないのだろう。多くの視聴者は気づいていない。敦也はその朝、確信した。もしかすると陽自身、自分の表情に気づいていないのかもしれない。

意図《いと》しているようには見えない。深刻なシーンを演じる俳優でもあるまいし、朝の情報番組であんな表情をする意味はない。ならばなぜ……。

あれこれ考えるうち、天気予報そっちのけで陽の表情ばかり目で追っていた。敦也はいつしか『ハレモニ』のお天気コーナーを、大方のひいらぎ市民とはまったく別の観点で意識するようになっていた。

あ、笑った。あ、ほらまた暗い目をする。

テレビの中、くるくると気まぐれに変わる気象予報士の表情が、毎朝気になって仕方がなかった。己の中に芽生えつつある感情が、友人や同僚に対するものとは少し違っていることには気づいていた。だからこそ心の一番奥に追いやり、目を背《そむ》けていた。下腹がもぞもぞするような居心地の悪さはあったが、いかんせん相手はテレビの中の人間だ。一視聴者である自分が、当人を目の前にする機会などありはしないと思っていた。

それがまさかあんな形で出会うとは。あまつさえあんなことに。

こっちの人、と陽は言った。敦也が今までつき合った相手は女性ばかりだったから、その指摘が百パーセント正しいとは言えないが、掛井陽という男を対象にした場合に限っては、あながち間違ってはいないのかもしれない。

人目を惹く、きれいな顔だちだと思う。細すぎるくらいにしなやかで長い手足も、テレビ映えのする要因だろう。男だ女だ以前に「魅力的」という言葉が浮かぶ。「人たらし」と言ってもいい。ただ問題なのは、彼のある意味破綻《はたん》した人となりだ。

「父さん、昨日へんな男に出会ったよ。天気予報外したり、車ぶつけたり、人をクローゼットに閉じ込めたり」

せっかく久しぶりに山へ来たというのに、報告は陽のことばかりだ。敦也は持ってきたおにぎりを急いで平らげると、ザックを背負い、墓標の周辺をもう一度だけぐるりと見渡した。

――やっぱり今日も見つからなかった。

敦也にはひとつ、ここへ来るたび探しているものがある。おそらく一生見つけ出すことなどできないだろうと、頭ではわかっていても心がまだ納得していない。

九十九・九九パーセント見つからないと知っていても、どうしても諦められないもの。

(ねえ、須賀さん。こっちだよ、こっち)

どこからかそんな声が聞こえた気がして、敦也は振り返った。

少年の声のようだった。陽の声にも似ている。

「……なわけないよな」

こんなところに陽がいるはずもない。

雲が迫ってきた。急ぎ足で下山しながら、敦也は思った。

探しものは、もういい加減諦めなくてはならない頃だろう。


志乃夫岳から下山すると、街はすでに夕暮れに包まれていた。一度家に戻って着替えを済ませ、敦也は約束の店へと出向いた。小洒落《こじゃれ》たイタリアンレストランの入り口には、陶器の傘立てが用意されている。ビニール傘が多いところを見ると、誰もこの雨を予想していなかったのだろう。今週二度目の、まさかの雨だった。

『関東以北は高気圧に覆《おお》われ、おおむね気持ちのいい秋晴れになるでしょう。ひいらぎ市の予想最高気温は二十度、降水確率は十パーセントです』

三日前の夜、妖《あや》しげなオモチャでひんひん啼《な》いていた男は、今朝もまたお茶の間に、秋風のように爽やかな笑顔を振りまいていた。二重人格めと、髭《ひげ》をそりながら敦也は鼻白んだ。

『ただ、大気の状態は相変わらず不安定です。降水確率というのはあくまで過去のデータを基にした確率ですから、十パーセントだから絶対に雨が降らないだろうと思うのは、間違いなんですね』

おいおい言い訳かよと敦也は苦笑した。秋の空はくるくると変化しやすく、確かに予報が難しいのだろう。するとおもむろに、テレビの中の陽が空を見上げた。

『あそこにひこうき雲があるのが見えますか？　カメラさんちょっとお願いします』

画面に、空高くひと筋の線を描くひこうき雲が映し出された。

『あの雲がすぐに消えるようなら、しばらくお天気は大丈夫です。でもなかなか消えなかったり、どんどん膨らんでいくようなら、天気は下り坂。これ、実はわりと当たるんですよ。ぼくの体感的には、そうですね、今日の降水確率は五十パーセントってところでしょうか』

詳しい説明はしなかったが、ちゃんと科学的な根拠があるのだと陽は言った。

天気の話をしている時の陽は、本当に楽しそうだ。予報である以上、当たる日もあれば外れる日もある。けれど毎朝の陽の表情は、予報の当たり外れよりも、空を見上げて雲の流れを観察することをただ純粋に楽しんでいるように思える。

コンピューターの予想は十パーセント。でもぼくは五十パーセントに感じます。

気象予報に関わる人間としてはどうかと思うが、陽独特のおおらかな予報が多くの人を和ませていることは確かだろう。何より番組の視聴率が、それを如実《にょじつ》にもの語っている。シビアな確率は画面の右上に表示されている。くだらないと思う人は、他局にチャンネルを合わせるか、でなければネットの予報を確認すればいい。

そして今日、陽のおおいに眉唾《まゆつば》な予報は見事に的中した。昼間の抜けるような青空は一転、夕方からしとしとと冷たい雨が降り出した。下降気味だった陽の打率も、これで多少は回復したことだろう。

店内に入る。奥から二番目のテーブルに、約束の相手はすでに座っていた。

「すみません篠原先生。遅くなりました」

「私も今来たところ」

「降ってきましたね。あたりませんでしたか」

「大丈夫。傘、持ってきてたから」

はるクンのおかげ、と環はイタズラっぽく微笑んだ。

一昨日《おととい》、大きな裁判がひとつ終わった。気の抜けない争いだったが、なんとか勝訴をもぎ取った。みんなで苦労したのだからと、今夜は環が、部下ふたりにイタリアンをご馳走してくれることになっていた。

「新山はまだですか」

「それがね」

環は肩を竦めて苦笑を漏らした。

「来られなくなったって、さっき連絡があったの。つき合ってる彼女から『別れたい』ってメールが来たんだって。人生最大の危機なんだって」

「はあ～？」

思わず声が裏返った。

「泣きの電話をしてきたわ。説得しにいってもいいでしょうかって。私も驚いたけど、仕事ならともかく今夜はただの食事会でしょ。私のせいで別れることになったなんて言われたら、寝覚めが悪いから『早く行きなさい』って言ってやったわ」

開いた口が塞がらない。アルバイトの分際でよくもまあ。

「イマドキの若者って、新山みたいな感じが多いんでしょうか」

「須賀くんだって十分イマドキの若者でしょう」

あっはっは、と環が笑った。

「いいじゃない、そんなに夢中になれる恋人がいるなんて」

「しかし」

恋愛を優先させて職場の会食をドタキャンするという発想は、敦也にはない。

「草食系だっけ？　最近流行《はや》りらしいけど、結局恋愛から逃げてるだけって気がするのよね。こういう仕事してると、人生の裏側みたいなのを嫌でも見ちゃうけど、本気で人を好きになったら、綺麗ごとじゃ済まないことがいっぱいあるじゃない」

「はあ、まあ」

「理性とかブレーキとか、飛んじゃうくらい誰かを好きになるって、素敵《すてき》なことだと思うの。刺した刺されたまで行っちゃうと困るけど。そう思わない？」

「ええ……まあ」

「ま、嘘《うそ》のひとつも上手《じょうず》につけないところが、新山らしいんだけどね。というわけで須賀くん、今夜は私とサシだけど、覚悟はいいわね」

とことん飲む、という意味なのだろう。敦也は「了解ボス」と苦笑した。

環がワインを注ぐ。赤い液体が満たされたグラスを重ねたその時だった。

「だから、嫌なものは嫌なんだ。無理」

「嫌だで済んだらな、プロデューサーはいらないんだ」

布製のパーティションで仕切られた隣の席から、言い争うような声が聞こえた。

「行かない。おれ、その日は用があるから」

「仕事より大事な用があるか。このバカチンが」

敦也と環は顔を見合わせる。どうやら隣のテーブルの話題も『現代の若者における仕事と私用の重要度バランスについて』らしい。奇遇だ。

「とにかく嫌なんだ。断って。プロデューサーならそれくらい簡単でしょ」

「断れる話と断れない話があるんだ。そこらへんいい加減覚えろよ。二年以上もこの仕事やってるんだから」

「そっちこそ二年以上一緒にやってるんだから、おれのポリシーを覚えて欲しいね」

「何がポリシーだ。仕事を選《よ》り好《ごの》みするな」

「仕事じゃないもん」

「仕事だ」

「仕事じゃない！」

頭痛がした。

間違いない、ひとりは陽だ。そしてもうひとりは、あの時のバイブ男・鴻上。

敦也がフォークをテーブルに置くのと同時に、向かいの環がすくっと立ち上がった。

「ちょ、ちょっと篠原先生」

やはり環も聞き覚えのある声だと思ったのだろう。当たり前だ。この街の多くの人間が毎朝陽の声を聞いている。

しかし、だからといってよその席のいざこざに介入するのはよろしくない。環ほどの分別ある女性がそんなまさか、と思っていると、いきなり目の前でそのまさかが始まった。

「ちょっとそこのふたり、うるさい」

呆気《あっけ》にとられる敦也をよそに、環はつかつかと陽たちのテーブルに歩み寄った。

「こっちの席まで筒抜けよ。もう少し小さい声で話しなさい。大人なんだから」

「篠原先生！」

敦也は慌てて立ち上がる。レストランで喧嘩はマズイ。それこそ大人なのだから。

腰に手を当てた環と背後の敦也を、テーブルのふたりが見上げた。

「あ、たまちゃん。あれ、須賀さんもいる。なんで？」

「たまちゃん？」

誰だそれはと目を瞬かせている敦也の前で、環が答えた。

「お久しぶりね、はるクン。元気そうで何より」

――久しぶり？

環と陽は知り合いだったのか。

「ほんと久しぶり。たまちゃんも元気だった？」

「ええ元気だったわよ。そこの、ひしゃげたガマカエルみたいな仏頂面《ぶっちょうづら》を見るまではね」

環が指した顎の先には、確かに苦虫を百匹一度に噛《か》み潰《つぶ》したような仏頂面があった。

「ガマカエルとはご挨拶だな」

鴻上がぷいっと顔を背ける。

「無断で人のテリトリーを侵すのは、感心しないわね」

「ここはお前の店じゃねえだろ。ヤクザかお前は」

「私があなたに教えた店よ」

けっ偉そうに、と鴻上はグラスのワインを呷《あお》った。

ジョッキのビールでも飲み干すような勢いは、環のそれとそっくりだった。

「えっと、篠原先生、これは」

一体どういうことなのかと尋ねようとするが、すかさず横から陽の茶々が入る。

「たまちゃんと須賀さん、もしかしてデートだった？　若くてハンサムな部下が今夜美人弁護士を口説《くど》き落とす、これぞオフィスラブ、禁断の恋！　みたいな？」

ぐほっとワインを噴きそうになったのは、陽の隣の仏頂面だ。

「残念ながら私を口説き落とすような度胸、須賀くんにはないわね。それに私たちふたりとも天下の独身貴族なんだから、恋に落ちたところでちっとも禁断じゃないでしょ」

「あ、そっか。なんだつまんない」

肩を竦めてみせる陽の頬は、すでにほんのり赤い。

「須賀くん」

「は、はい」

「あんまり紹介したくないんだけど、仕方ないから紹介するわね。そこの人が私の元夫、鴻上久紀《ひさのり》よ」

お世辞《せじ》にも温かいとはいえない視線で紹介された鴻上は「なんつー言いぐさだ」と鼻の頭に皺を寄せながらも、グラスを置いて「初めまして、鴻上です」と会釈《えしゃく》をしてみせた。

「初めまして。篠原先生の事務所でお世話になっています、須賀敦也と申します」

微妙な雰囲気で挨拶を交わすふたりを、にやにやと交互に見やりながら、陽がしれっとおそろしいことを呟いた。

「実は初めましてじゃないんだけどね」

「バッ……」

突然の爆弾投下に、全身の毛孔《けあな》がぶわっと一気に開くのを感じた。

冷や汗というのは、本当にひんやりするのだと敦也は初めて知った。

「須賀くんと知り合いだったの、久紀」

「まさか」

鴻上が首を振る。

「知り合いっていうかぁ、なんていうかぁ」

その様子をいわくありげににやにやと観察する陽に、くらくらと目眩《めまい》がした。また爆弾投下のスイッチを押されてはたまらない。敦也は「実はですね」と陽の言葉を遮った。

「この間車を擦られた時の、相手というのが、そちらの、掛井さんだったんです」

手のひらに嫌な汗までかき、敦也はなるべく差し障《さ さわ》りのない説明をした。それなのに陽ときたらピスタチオなどつまんで、どこか楽しげだ。

「陽でいいって言ってるのに。ほんっと、硬いんだから須賀さん」

「あらまあ、そうだったの。久紀じゃなく、はるクンと須賀くんが知り合いだったのね」

環はさすがに驚いた様子だった。こんな偶然、敦也だって驚きだ。

「たまちゃん、驚くのはそれだけじゃないんだよ。おれと須賀さん、なんと同じマンションに住んでるんだ。お互いぜんぜん知らなかったんだけど」

ね、と同意を求められ、敦也は思わず顔を背けた。

「そうなの、須賀くん」

「……はい」

渋々頷く敦也の横で、陽は無駄ににこやかだ。

「たまちゃん、おれたちがどういう関係か聞きたいんだろうけど、残念ながらまだ手も繋《つな》いでないんだ」

環は陽の軽すぎる台詞に失笑しながら、ふるふると首を振った。

「まあいいわ。せいぜい仲良くやってちょうだい」

「篠原先生、俺は」

「お許しが出たよ、須賀さん。仲良くしようね」

そのバカさ加減に、ますます頭痛がひどくなる。

「たまちゃん、須賀さんの部屋は六階でおれの部屋は十三階なんだけどね、見晴らしが全然違うんだ。家賃も違うけど」

大きなお世話だ。

「六階って海が見えないらしいよ。隣のマンションの屋上しか見えないんだって。ねえたまちゃん、須賀さんの給料もう少し上げてあげなよ。海の見えないマンションなんて、ゴリラのいない動物園みたいなもんだよ?」

「おい、俺はそんな話聞いていないぞ、陽」

鴻上が、蚊帳《かや》の外から不満そうに横槍《よこやり》を入れる。

「鴻上さんに言う必要ないじゃん」

「バカ。お前は俺の車で須賀さんの車に擦ったんだろうが」

「あ、そっか」

「それに俺と須賀さんが初対面じゃないって、どういう意味だ。説明しろ」

「そ、それはですねっ」

焦りまくった敦也の両手が無意味に空を切ったところで、環の鶴《つる》の一声《ひとこえ》が飛んだ。

「とにかく座りましょ。立ったままじゃ、お店の迷惑になるわ」

その声に、少し離れて控《ひか》えていたウエイターがやってきて、四人を奥の広いテーブルへと案内してくれた。

着席するなり、諍《いさか》いの続きが始まった。

「とにかく今さら断るなんて無理なんだ。それくらいわかるだろ」

「全っ然わからない」

「いい加減にしろよ、陽」

「だって仕事じゃないもん。あ、須賀さんその鮭《さけ》半分ちょうだい。おれの牛ヒレあげるから」

しゃべりながら陽は、秋鮭と茸《きのこ》の重ね焼きクリームソースをパクつき、その横で鴻上は「勘弁してくれ」と頭を抱える。ふたりを前に敦也の脳内は、人間関係の整理にフル回転だ。

真横には、さっきからワインをがぶ飲みしている環。その正面に彼女の元夫・鴻上。鴻上の隣には、彼の仕事仲間兼恋人の……いや待て待て、あの晩の会話から推測するに陽と鴻上は恋人関係というわけではなさそうだ。セフレともちょっと違う気がするが、妖しいオモチャの手配をしてやったり、オナニーの見学をするくらいには親しいらしい。

敦也の辞書には存在しない、まったくもって理解に苦しむ関係だ。

そもそも環は、ふたりの関係を知っているのだろうか。環の離婚は本人曰《いわ》く『五年も前の話』だそうだから、陽が原因というわけではないだろうが、それにしても。

敦也は無意識にこめかみを押さえる。

「とにかくその話はパス」

「どうして」

「だからさっきから言ってるとおり、時間外まで拘束《こうそく》されたくないんだ」

ふたつみっつとピスタチオを口に放り込む陽に、鴻上はまたぞろ頭を抱えた。

「久紀、あんまりはるクンに無茶させちゃダメよ。視聴者からクレームくるくらいで済めばいいけど、そのうちファンに後ろから刺されるから」

「バカ言ってんじゃねえ。無茶させられてるのはこっちだ」

元妻の忠告に、鴻上は眉尻を吊り上げた。

明後日《あさって》の晩『ハレモニ』のスタッフと、とある有力スポンサー企業との懇親会《こんしんかい》が開かれることになった。その会社の社長というのが陽をいたく気に入っており、懇親会の後、陽と個人的に一席設けたいと鴻上に伝えてきたという。

「個人的にといっても、ふたりきりってわけじゃないんだ。俺も一緒でいいと言ってくれているんだ」

「無理なものは無理。その日は用事があるって言っただろ」

「だからどんな用なんだ」

「鴻上さんには関係ない用事」

「なあ陽、一体どうした。懇親会の後の個人的な席なんて、今まで何度もあったじゃないか」

「だから明後日の晩は」

「断ってあげなさいよ、久紀」

一向に埒《らち》のあかないふたりのやりとりに、業《ごう》を煮《に》やしたのは環だった。

「スポンサーにいい顔したいのはわかるけど、個人的にっていう話ならはるクンの意思を確認するのが普通じゃないかしら。勝手に了承してきたあなたが悪い」

環の援護射撃に、陽は「そーだそーだ」と何度も頷いた。

「やっぱ鴻上さんなんかより、たまちゃんの方が百万倍頼りになるよ。ねえたまちゃん、お願いだから鴻上さんと再婚してよ。最近鴻上さん情緒《じょうちょ》不安定で、おれ困ってるんだ——あ、鴻上さんのデザートおれのと違う。もらうよ」

「誰が情緒不安定だって」

ため息混じりの諦め顔で、鴻上は手元のグラスを飲み干した。

「あれは嫌い、これは苦手、あれ買ってきて、その人とは会わない。そんなことばっかり言ってるわがまま気象予報士抱えてりゃな、誰だって情緒不安定になるっつーのっ。俺は自分の我慢強さに感動を禁じえない」

「へえ、これアフォガードっていうんだね。アイスにコーヒーがかかってる。ほんと、アホみたいに美味しい」

「陽！」

テーブルを叩かんばかりの鴻上を、陽は意に介さない。

「ほら、須賀さんにもあげる。ひと口食べてみなよ」

「俺はいい」

「そんなこと言わないで、ほら」

話を逸《そ》らすためなのだろう、陽はデザートのアフォガードをスプーンに載《の》せ、敦也の口元に運んだ。仕方なくほんの少し唇を開くと、スプーンに載った冷たいデザートが強引にねじ込まれた。

「ね、美味しいでしょ」

「……ん」

心底辟易《へきえき》した様子の鴻上は気の毒だが、結局のところ二年以上もの間、こうして陽のわがままを聞き入れてきたのだろう。

果たしてそれは鴻上にとって、単なる我慢だったのだろうか。陽が番組の視聴率を担っているから、だから怪しいオモチャの買いものを引き受け、挙げ句あんな――。

そう思った時、ほんの一瞬、胸の奥がちくりと痛むのを感じた。

それは口の中に広がるバニラアイスとエスプレッソに似た、甘くてほろ苦い痛みだった。


どこからどう見ても和やかとは言えない元夫婦を残し、敦也は陽と一緒に店を出た。いや一緒にというのは正確ではない。敦也が立ち上がるのを見た陽が「じゃあおれも」とくっついてきたのだ。

ふたりで残されるなんて迷惑だと互いに言いながら、環も鴻上も席を立とうとはしない。カパカパと競うみたいにワインのグラスを空けながら、時折チクリチクリと嫌みの言い合いをしている。本当に嫌なら相手を置いて帰ればいいのにと思ったら、なんだかちょっとおかしくなった。

「なに笑ってんの」

「別に」

「今笑っただろ」

「笑ってなんかいない」

歩調を速めると「うそだ、絶対に笑ってた」と陽が小走りに追いついてきた。

「あのふたりさ、なんだかワインの飲みくらべみたいだったね」

「ああ」

「わんこそばじゃなくて、わんこワインって感じ」

「確かに」

陽も同じことを感じていたのだと思ったら、余計におかしくなった。

「ありゃどっちも相当なうわばみだね。うわばみ夫婦。あ、元だけど」

「どっちが強いんだろうな」

「案外たまちゃんじゃないかな。なんだかんだ言って、鴻上さんはたまちゃんに勝てない気がするな」

敦也もそう思う。初めて陽と気が合った気がした。

「篠原先生とも面識あったのか」

「うん。前におれが風邪《かぜ》ひいて熱出した時『お粥《かゆ》が食べたい』って言ったら、鴻上さん『ちょっと待ってろ』って誰かに電話してたんだ。で、しばらくしてすげー美味しいお粥がタクシーに乗ってやってきた」

「篠原先生か」

「料理と愛想笑《あいそわら》いは超苦手だから、鴻上さん。結局たまちゃんが頼りなんだ」

「なるほど」

陽は思った以上に鴻上のことを理解している。冗談めかして誘っていたけれど、実は本気で鴻上が好きなんじゃないだろうか。微《かす》かに伏せられた瞳が、少し寂しそうに見えたのは気のせいだろうか。

しとしとと、雨はまだやみそうにない。自分で「夕方から雨」と予報しておきながら、陽は傘を持ってこなかった。当然のような顔をして敦也の傘にすーっと入ってくる細い身体を、なぜだろう押しのける気にはならなかった。

タクシーを拾うにも中途半端な距離だ。晩秋の気配が漂《ただよ》う雨の中を、他愛のない会話を交わしながら、ふたり肩を寄せ合い歩いた。

服の上からとはいえ、不覚にも勃起《ぼっき》してしまったモノを見られてしまったのだから、気まずさがないといえば嘘になる。普通に女の子と恋愛をし、気が合えばセックスもした。仕事を始めてからは、忙しさもあって特定の女性とつき合うことはしていないが、それでも同性に目が向いた記憶はない。

陽だけが特別だった。

恋愛なのかどうかは別にして、今、敦也の心を一番惹きつける人間は間違いなく陽だ。

陽はどうなのだろう。敦也のそこを指さして、からかうようなことを言っていた。ゲイでもない（はずの）男が自分の声に反応したことを、どう思っているのだろう。

「ちょっと冷えてきたね。さぶ」

まるで恋人みたいに、遠慮なく体を擂《す》り寄せてくる。女の子ならここで、傘から少しはみ出した肩を抱き寄せるところなのだけれど。

ふと湧《わ》いた危うい感情を、首を振って脳から追い出した。

「須賀さん、あそこ、よく行くの？」

「あそこ？」

「この間の展望台」

「たまにな」

「何しに？」

「何って……」

一瞬、本当のことを口にしそうになった。今はもうこの世にいない、父親への感傷。

傷が癒《い》えているわけじゃない。けれど触れただけでドクドクと血を流すほど過敏な生傷では、今はもうない。一生抱えて生きていくもの。生まれてからあの事故までの父との記憶は、敦也にとってそういったものだ。

「見晴らしがいいからな。気分転換に時々」

「弁護士って暇なんだね」

「そっちは？　やっぱり時々行くのか」

「おれもたまにかな。見晴らしがいいから」

「ふん。気象予報士って暇なんだな」

えっ、と陽が視線を上げた。ぽかんとして、それからククッと身体を曲げ「やっぱ須賀さん変わってる。面白い」と笑った。お前にだけは言われたくないと敦也は思う。

マンションのエントランスに着くと、陽が「うちにおいでよ」と誘ってきた。

「せっかくだけど」

「まだ早いし、お茶くらいいいじゃん。この間のお礼をさせて欲しいんだ」

「片づけなくちゃならない仕事があるんだ。悪いな」

ふうん、と陽は小首を傾げた。何やら意味深な笑みが口元に浮かんでいる。

たとえば「開けてみて」と手渡された箱が、どこからどうみてもびっくり箱だった時のような、嫌な予感がした。反応を楽しまれている気がする。多分、気のせいではない。

「須賀さん、なんか意識してるでしょ」

「別に……」

不意を突かれ、言葉につまる。上手くかわさなくてはと思うのに。

「なんかさぁ、この間のこと気にしてるのかなと思って」

「この間？」

「だからぁ、おれのいい声聞いちゃって、須賀さん勃っちゃって」

その先を陽が口にする前に、敦也はズボンが裂けるんじゃないかというほど大股《おおまた》でエレベーターホールへ向かった。

「あ、ねっ、待ってよ」

誰が待つか。

「やっぱ気にしてる」

「してない」

「してる」

「してない」

小学生か俺たちは。敦也は底なしの情けなさと闘《たたか》う。

「あっそ。それならそれでいいけど、ないなら来れるんじゃないかな」

「しつこい」

「おれのこと嫌い？」

「好きとか嫌いの問題じゃない」

「嫌いじゃないなら来てよ。この秋限定のビールがあるよ」

「俺は……」

俺はなんだと言いたかったのだろう。敦也は歩を緩める。

こっちの戸惑いなどお見通しなのかもしれない。陽は「ふたりで飲みなおそうよ」と、邪気の欠片《かけら》もない顔でにっこり笑い、細い人差し指の先で⑬のボタンをトン、と押した。

また負けたと思った。


「シャワー浴びてくるから、そのへんに勝手に座って飲んでて。雨で身体《からだ》冷えちゃった」

「………」

また来てしまった。敦也はひっそりとため息を落とす。

いつからこんなに流されやすい性格になったのだろう。陽の背中を見送りながら、敦也は手渡されたビールのプルタブを引いた。人を呼んでおいて自分はさっさとシャワーに行ってしまう。陽らしいと思う傍から、自分は陽の何を知っているのだという疑問が浮かぶ。

失礼で、無遠慮で、非常識で、気ままなゲイの気象予報士。

「二重人格どころじゃないな、あれは」

テレビの中の陽しか知らない人間は、恋人でもない男の前でオナニーをする趣味があるなどとは、つゆほども思っていないだろう。つい先日まで敦也もそうだったように。

缶のままコクリとひと口喉を潤《うるお》す。ワインも嫌いではないけど、本音を言えばビールが好きだ。炭酸の泡が胃に届くまでの、粘膜《ねんまく》がひりつくような感覚が好きなのだ。

バスルームからは、水音をバックコーラスにした陽の鼻歌が聞こえる。

あいらーびゅぅ、あいにーじゅぅ、あいうぉんちゅぅ。

どこかで聞いたことのあるメロディーを楽しそうに口ずさむのを聞いていると、こんな時間も悪くないような気がしてくる。思ったより酔っているのかもしれない。

風に当たろうと、カーテンの開いたままのベランダへ出てみた。敦也の部屋から見るより確かに景色がいい。夜なので海は見えないが、少し角度が変わっただけで、見慣れたはずの景色がまるで別の、見知らぬ街のように感じられた。

いつも見ている向かいの家、屋根はあんな色だったんだ。知らなかった。

敦也は浅く、しかし軽くはない感慨《かんがい》を覚えた。見ているようで見ていないもの、知っているつもりなのに本当は知らないものが、この世界にはたくさんあるのだろう。

真実はいつだって、近くにあって遠い。

「お待たせ、須賀さん」

待ってなどいなかったのに、つい「おう」と答えながら振り返ると、長めのシャツ一枚羽《は》織《お》っただけの陽が缶ビールを片手に立っていた。

その足のなめらかな細さに、一瞬目を奪われる。

「十三階に住みたくなったんでしょ。あ、なんかつまみいる？」

「……いや」

サッシを閉める。湯上りの湿度《しつど》と匂《にお》いがベランダ帰りの敦也を迎《むか》えた。

陽は床に胡座《あぐら》をかき、喉が渇《かわ》いたのか手にしたビールを結構な勢いで呷った。敦也は陽と向き合うように、柔らかいソファーに腰を沈めた。

目の前で、白く妖艶《ようえん》な喉のラインがこくりこくりと動く。唇の端からひと筋垂れた琥珀《こはく》の液体が、そのラインを伝ってシャツに染み込んだ。

「あぁ、零れちゃった」

白いシャツの襟元《えりもと》で、濡れた口元を無造作に拭《ぬぐ》う。

そんな仕草のひとつひとつが、敦也の胸をざわざわとかき乱した。

——何を意識している。

慌てて視線を逸らした。そもそも一体何のために自分はここにいるのか。

「須賀さんってさ」

おもむろに、陽が口を開いた。

「真面目すぎるって言われない?」

「え?」

「子供の頃とかさ、遠足が土砂降《どしゃぶ》りになっちゃって、寒くてめちゃくちゃつまんなかったとしても、作文には『いろいろ大変だったけど、それでもとても楽しい遠足でした。また行きたいです』とか、心にもないこと書いたでしょ。もんのすごーくきれいな字で。で、みんなの前で先生に褒《ほ》められる」

「なんだそれは」

「書かなかった？」

「………」

実は書いたことがある。字も男の子にしてはかなりきれいな方だった。

仕方ないのだ。そういう役回りだったのだから。

いつの頃からか、もう記憶すらない。もの心ついた頃には相手が、殊《こと》に大人たちが自分に何を望んでいるのかをきちんと理解していた。学級委員、生徒会長、その他諸々《もろもろ》、誰が引き受けるのかを話し合う必要もないほど、気づけばあっさり敦也に決まっていた。部活動にも勉強にも人一倍一生懸命取り組んだ。もちろん結果も出した。

親や先生を困らせるようなことは、無意識に避けて通った。どんなに魅力的な女の子であっても、つき合っている男がいるとわかればきっぱり距離を置いた。恋人ができれば、彼女以外の女の子とは決してふたりきりで会わなかった。家族に紹介できそうにないタイプの子には、最初から近づかなかった。

恋人にはなれるけど結婚はできないなんて、相手に失礼だと思っていた。それが礼儀だと今も思っている――はずだった。

「気になってんでしょ」

何が、と聞くのが怖かった。

敦也は無言のまま、半分の軽さになったアルミ缶を手のひらでしきりに弄《もてあそ》ぶ。

「確かめにきたんじゃないの？　自分にそっちの指向があるのかどうか」

「そんなんじゃない」

「うそうそ。顔に書いてある。俺って、ほんとはホモなんだろうかって」

楽しそうに、陽が立ち上がった。

「試してみなよ、おれで。ノンケならおれのよがり声くらいで勃ったりしないと思うけど」

「あれは、たまたま」

「たまたま、なに」

「だから、たまたま」

腹だたしいほど言葉が続かない。緊張を強いられる法廷でも、敦也は年齢のわりに冷静で、言葉につまるなどということはない。それなのに今、何か言いたげに口角を上げて近づいてくる陽を、言い負かすことも拒むこともできない。

黙っていればモデルか俳優かと思える面《おも》だちが、ゆっくりと近づいてくる。残酷《ざんこく》なまでに、敦也の心の奥を照らしながら。

片隅に隠しているその染みはなんなの？　とほくそ笑みながら。

「いいから気楽に試してみなって。おれの裸《はだか》で、勃つか勃たないか」

バカなことをと、笑って視線を逸らせば済むことだ。

頭ではわかっているのに、今の敦也には表情ひとつ変えることすら困難だった。

怖いのだろうか。自分の中に眠る、自分の知らない自分。

やあこんにちはと顔を合わせた瞬間、鎌《かま》でクビを刈《か》られそうな恐怖。

「意地張る人って、嫌いじゃないけどね」

陽はある意味、自分の振りまくフェロモンを知り尽くしているのだろう。

いたずら好きな小悪魔のような目をして、自分のシャツのボタンに手をかけた。

「……よせ」

「やーだね」

「おいっ」

戸惑う敦也の眼前で、シャツのボタンがひとつひとつ外されていく。

天国への階段を上るように、あるいは地獄《じごく》の扉へのカウントダウンのように。

陽の口元には薄い笑みが浮かんでいる。どれが本当の陽なのか。敦也は混乱する。

オンエア中の、世にも爽やかな青年。ふと一瞬垣間見せる仄暗い目。

雷の音に怯えて嘔吐した時の、頼りなげに震える肩と泣き出しそうな瞳。

そして今ここにいるのは、そのどれとも違う、とてつもなく艶《なま》めかしい表情をした男。

「やめろ……」

徐々に露になってゆく白い肌から、視線を外すことができない。

今さらのように、敦也は気づいてしまった。

見たいのだ。陽の裸を見たい。

どれほど抗ってみたところで、それはもう否定のしようのない事実だった。

開いたシャツの前立てを少しずらし、陽はわざと片側の乳首を敦也に見せつけた。少年めいたなめらかな肌にぷっつりと控えめに載った薄桃色の蕾《つぼみ》は、敦也の下腹部にあの夜と同じいけない流れを呼び起こした。

「おれの乳首、やらしい色でしょ。触られると、すげー感じるんだ」

「よせと、言ってるだろ」

ひどく掠《かす》れて、自分の声ではないような気がする。

陽はそんな敦也の余裕のなさすら楽しんでいるようだった。

「いいからじっとしてて」

言うなり陽は、敦也のベルトに手をかけた。

「な、にをっ」

するんだと言おうとしてハッとした。半分ボタンの外れたシャツから、陽の下半身が覗いている。あろうことか陽は下着をつけていなかった。異様な状況に興奮しているのか、陽のそこはすでに半分頭を擡《もた》げている。喉奥が、意図せず浅ましい音をたてた。

「嫌なら目ぇ瞑っててもいいよ。おれ、相当上手《うま》いから。絶対気持ちよくなれると思う」

相当上手いと、誰に評されたのか。いつ。どこで。

一瞬浮かんだ男の顔を、焦ってかき消す。男を抱く趣味はないと言っていた。たまちゃんひと筋なんだよねと、陽自身も言っていたし。だけど、じゃあ誰が——。

「おいっ」

下ろしたファスナーの隙間から手のひらが滑り込んできて、敦也は思わず腰を引いた。

「でっかいね。まだあんまり硬くないのに」

ボクサーショーツの生地《きじ》に指先を擦りつけ、陽はふふんと笑う。

「やめっ……」

「いいからちょっと黙ってて」

完全にイニシアチブを握られている。手品師のような手際の良さであっという間に敦也のシャツをはだけると、陽はのしかかるように素肌を摺り寄せてきた。

「すげーそそる身体……須賀さんくらいの筋肉の感じが好きだな、おれ」

肩口で囁《ささや》きながら、陽の手は敦也の雄を握った。鎖骨《さこつ》や首すじを音をたてて吸われ、背筋がぞわりとした。

「硬くなってきた」

指摘され、羞恥《しゅうち》に全身がカッとなる。

このまま流されたいのか。それとも戻りたいのか。

——俺は一体……。

何を望んでいるのだろう。知っているのはもしかすると、目の前で蠱惑《こわく》な笑みを浮かべるこの男だけなのかもしれない。

陽の唇が、割れた腹筋に沿ってゆっくりと下りていく。

皮膚《ひふ》を掠めるあえかな吐息に、意識のすべてを持っていかれた。唇《くちびる》で中心を啄《ついば》まれる。そこがもう言い訳のできない状態になっていることはわかっていたから、抵抗はしなかった。

「直接……舐めたい」

ショーツを下ろし、陽が敦也を咥《くわ》えた。

ねっとりと絡みつく舌の感触に、深い吐息が漏《も》れた。

「っ……」

上目遣いに陽が尋ねてくる。ね、いいでしょ、と。

つき合った女の子にもさせたことのない行為。比べることはできないが、陽が様々なテクニックを知り尽くしていることはすぐにわかった。

同じ男だからわかるのだろう、憎らしいほど感じるポイントを突いてくる。

片手と口で敦也を愛撫《あいぶ》しながら、陽はもう一方の手で自分自身を慰《なぐさ》めている。シャツの裾から、肉の薄い白い尻がゆるゆると見え隠れしている。

陽のはもう硬くなっているんだろうか。

目を閉じていてもいいと言われたのに、瞬きすら忘れている。

陽はうっとりと目を閉じ、アイスキャンディーでも舐めるように、幹に舌を這《は》わせる。根元からゆっくりと丁寧に。先端まで行き着いた舌先が、鈴口に強く押し込まれた。

「あっ……」

思わず低く声を上げた敦也を、陽が満足げに見上げた。

「おっきいね、ほんと。ぞくぞくする。半分しか口に入ん……ない」

もう一度近づいてきた半開きの唇を、敦也は手で遮った。

「やめるの？　ここで」

答えはもう手にしていると言わんばかりの余裕に、舌打ちしたくなる。

「くそっ」

腹だたしさとないまぜになっている、この荒々しい感情はなんだ。

込み上げてくるマグマのようなそれに、もう抗うことはできそうになかった。

のしかかっていた細い身体を押しのけ、やや乱暴に床に倒すと、ゴンと鈍い音がした。

「痛って」

後頭部を軽く床に打ちつけた陽が、顔を歪める。

ごめんと思ったけれど謝る余裕がない。完全に逆転した体勢で、仰向く陽を睨《ね》めつけた。

「お、いきなりマジな顔」

「茶化すな」

「まさか須賀さん、してくれんの？」

へらりと笑われ、やりにくいことこの上ない。いろいろ説明するのも面倒なので「ああ」と頷いて、ちょうどへその下あたりで熱を持っている陽のそこを握った。

「優しくしてね、ダーリン」

「ふざけるな」

同じ場所に、同じものがついているのだ。多少の個人差はあれ、そう的外れなことにはなるまい。時折自分で処理する際のように、緩急をつけてそこに刺激を与えると、陽のそこはみるみる硬さを増した。

「やっぱ男としたことあるんだ」

「ない」

胸が感じると言っていた。女の子にするのと同じことを、この小さな粒に施せばいいんだろうか。戸惑いつつも、目の前の蕾に口づけた。

「あっ……」

ひくんと身体を撓《しな》らせ、陽が掠れた声を上げた。

――やばい。

ほんとに感じているらしい。

華奢な顎のラインがくんと反るのを見て、敦也はなんとも言えない気分になる。

「あ、やっ……そこ」

むずがるように捩《よじ》れる身体を押さえつけ、夢中で乳首を吸った。

舌先で転がし、片方ずつ甘噛みすると、陽の吐息はこれまで以上に湿度を増した。

「ね、須賀さん、なんかしゃべって」

ねだるように陽が訴えた。

「なんかって」

「こういう時、黙ってられるとおれ、どうしたらいいのかわかんない」

こんな時にしゃべれと言われても、こっちこそどうしたらいいのかわからない。

「ほんとに無骨な人だね」

「悪かったな」

「乳首そんなに感じるのか、コリコリになってるぞ、とかさ、先っぽが濡れてきてるじゃないか、そろそろ俺のぶっといやつ、後ろに欲しくなってきたんじゃないのか、とかさ」

「実況されたいわけか」

「うん。されたい。盛り上がるから。ねえ、ちょっと言ってみてよ。陽、ちんちんの先っぽからイヤラシイおつゆがとろとろ出てるぞって」

「断る」

そんな変態ちっくな台詞、真っ平ごめんだ。ちぇっつまんないのと、拗《す》ねた陽の尖った唇の先を見ている方がよほどそそられる。

一体全体こいつは、これまで誰とどんなセックスをしてきたのだろう。詮索《せんさく》したい気持ちを、理性総動員で胸に押し込めた。コトの最中に過去に触れたりしたら、それこそルール違反だろうと思ったのだけれど。

「実況好きの人って結構多いんだよ。おらおら、次はどうされたいんだ？　ん？　ここか？　こっちか？　みたいに最初っから最後までずーっとしゃべってる人とか。あとはなかなかイかせてくれない人もいたな。イかせてくださいって泣いてお願いしなさい、とか言っちゃって。あれはちょっとS入ってた」

敦也の気遣いなど、ランチのつけ合せのパセリくらいにしか思っていないのだろう、陽は過去に寝た男たちについて、実に楽しげに話し始めた。

「さっき懇親会の後でどうこうって話、どうして断ったかわかる？」

「さあ」

「そのスポンサーの社長さん、一回おれと寝てるんだよね。今でも時々そういう店に出入りしてるらしい」

「店？」

「おれらみたいな人間の、出会いの場。そん時おれ、あんまり顔見せなかったし部屋暗かったし、だいたい一年以上前のことだからあっちは気づいてないみたいだけど、やっぱお互いヤバイっしょ、オフィシャルなとこで再会しちゃ」

さっき陽が見せた大人げないほどの拒否反応は、そういう理由だったのか。

驚きと呆れと、同じくらいのもの悲しさがどうどうと敦也を襲う。

「おらおら次はどうされたいんだと言ったのは、その社長か」

「ううん、それはまた別の人。いい年のおっさんだったけどすんごい巨根だった。このくらいあったかな」

陽は釣り上げた魚の大きさでも教えるように、両手でその形を作ってみせた。

「魚拓《ぎょたく》でも取っておけばよかったな」

「そうだね。気づかなかった。次に巨根に出会ったらそうする。魚拓じゃなくチン拓」

ふふん、と陽が鼻を鳴らす。

くだらない。頭ではわかっているのになぜか苛《いら》ついた。ものすごく。

「ね、そろそろ挿《い》れてほしい」

前触れなくねだられ、ドキリとした。正直なところ、そういう展開がなくもないとは思っていたが、なるべく考えないようにしていた。

「俺は……」

「わかってるって。男としたことないんでしょ。平気平気、孔に挿れて擦って出すだけだもん。男でも女でも一緒だよ。おれが上になるから、須賀さん横になってるだけでいいよ」

行ったことはないけれど、風俗の女性ってこんな感じなのだろうか。

とても事務的であまりにも手馴《てな》れている。心が乾いている。

「実はさっき、お風呂でほぐしてきたんだよね」

にやりと笑って、陽が腰を沈める。ゆっくりと、しかし確実に。

「……っ」

キツイと感じた。本来の用途とは違う使い方をしているのだから、当たり前と言えば当たり前だ。けれど徐々に絡みついてくる熱い粘膜は、思考が麻痺《まひ》するかと思うほどの快感を敦也に与えた。

「入った……やっと」

陽がゆるゆると腰を振る。前後に、左右に。それから円を描くように。

「須賀さん……気持ち、い？」

一層掠れた声で陽が聞いた。ああと頷くのがようやくだった。

「おれも、いい……めちゃくちゃ、いい」

嘘じゃないことはわかっていた。陽の先端からは、本人の言うところのイヤラシイおつゆがとろとろと流れ、やや細めの幹をしとどに濡らしている。

「ああっ……やっ」

顎を反らせ、陽が身悶《みもだ》える。我慢できなくなったように、濡れた中心を自分で扱《しご》き始めた。

——くそっ。

なんて顔をするんだ。男だなんて、忘れてしまいそうになる。

矢も楯《たて》もたまらず、敦也は腰を突き上げた。

「あ、やっ、須賀さ、んっ」

陽の細い腰を両手で抱え、無言のまま下から何度も深く穿《うが》った。

「やめっ、あ、そこ……したら、ダメッ」

うわごとのように漏れる言葉が、ひどく扇情《せんじょう》的だ。

「当たる、から、あっ、やっ……で、そっ」

自分自身を扱く陽の手が速まる。そして。

「……イ、っ！」

はたはたと、腹筋にまき散らされる白濁。ほぼ同時に敦也も、陽の中で決壊した。

倒れ込むように落ちてきた身体を、力いっぱい腕に抱く。

あの日、服の上からさすってやった肩甲骨は、やっぱり骨ばってごつごつしていて、こいつを永遠に自分のものにしてしまいたいなどと、美しい初恋みたいなことを一瞬思った。

「陽」

そう呼んで欲しいと言っていた名前。初めて耳元で囁くと、汗ばんだ身体が腕の中でもぞりと動いた。返事の代わりに陽はくすくす笑う。胸にかかる吐息がくすぐったい。

「あー、すっごい気持ちよかった。須賀さんは？」

「……まあ」

「でしょ？　やっぱこっちの人なんだよ、須賀さん。またしようね」

するりと敦也の腕を抜け、陽はスタスタとバスルームに消えた。

ぶえっくしょいっ！、と色気の欠片もないくしゃみが聞こえる。

放り出された腕がひどく所在なくて、敦也はひとり、そこにない身体を抱き寄せる真似《まね》をした。途端に、言いようのない脱力感が全身を襲う。

空っぽの腕にあるのは美しい初恋とはほど遠い、虚しさの塊《かたまり》だった。


「須賀先生」

呼ばれてハッと振り向くと後ろに新山が立っていた。

敦也は椅子《いす》を回転させ、新山を見上げた。

「どうした」

「どうしたって、それはこっちの台詞です。さっきから何度も呼んでいるのに、なんだか心ここにあらずって感じで。はい、これさっき届いたファックスです」

「ああ……ありがとう」

「待ってたファックスが来たら、いつもすっ飛んで取りにいくのに。ほんと、今日の須賀先生変っすよ」

新山に指摘されるまでもなく、敦也の心は銀河系の外ほど遠くまで出張していた。目の前に広げられた資料の同じページを、十回以上目で追った気がする。もちろん頭になど入っていない。

「ごめん。ちょっと考え事を」

「どうしちゃったんですか。朝からぼーっと。具合でも悪いんですか。でなきゃ恋でもしましたか？」

一瞬の間を置いて、敦也はのろりと顔を上げた。

「――恋？」

恋ってなんだっけ。

やたら瞬きをする敦也を見下ろしていた新山の顔から、からかうような笑みが消えた。

「ほんとに恋しちゃったんですか」

「バ……」

「あ、ああっ！　その、首んとこのそれっ、まさかっ」

目を剝《む》く敦也の首の辺りに、さらに大きく目を剝いた新山の顔が近づいてくる。しまった、と首を竦めたが遅かった。昨夜陽につけられたキスマークが、ワイシャツの襟から半分覗いていたことを失念していた。朝からさりげなく隠していたのに、「恋」のひと言に動揺して、新山の前に思い切り晒してしまった。

「わおう。ずいぶんとまた、情熱的な女性なんですね」

「これは、その、違うんだ」

「蚊に刺されたとか言わないでくださいよ。十月ですから」

ぴしゃりと退路を断たれ、普段は立て板に水で浮かんでくる言い訳がすべて霧消《むしょう》した。

「なーんか、俺としては超意外ですね」

自分の席に戻るべく背中を向けたが、新山が妙にうきうきしていることは声でわかった。

「俺、須賀先生って真面目で清楚《せいそ》なお嬢《じょう》さんタイプが好きなんだと思ってました。勝手なイメージですけど」

「実に勝手なイメージだ」

「でも須賀先生、不真面目でふしだらで不潔な女子は嫌いでしょ?」

「不真面目でふしだらで不潔な女子がタイプだという男がいたら、ここに連れてこい」

軽く睨んでみても、新山はおかまいなしだ。

「ああでも、清楚なお嬢さんにキスマークつけられたら、それはそれでたまんないのかもしれませんね」

「あのなあ」

「というか須賀先生に恋人いたなんて、俺ちっとも気づきませんでした」

どう誤解を解けばいいのだろう。敦也は机に突っ伏したい気分だった。

そして盛大に墓穴を掘る。

「恋人なんかじゃない」

「ええっ！」

新山が、座ったばかりの椅子からぴょんと立ち上がった。

「いや、その、そういう意味じゃないんだ」

恋人などいないと言えばまだよかった。

この手の話に慣れていないとはいえ、敦也の答えはいかにも最悪だ。

「ますます意外です。まさか風俗——」

「だから違う」

「じゃ、あれですか。身体から始まる恋っていう」

環がいないのをいいことに、新山はここぞとばかりに突っ込んでくる。

昨夜の陽とのあれが一体なんだったのか、誰かにきちんと説明できる自信など、敦也は欠片も持ち合わせていなかった。

そもそも何か始まったのか。始める気があるのか、敦也も陽も。

「行《ゆ》きずりとかかりそめとか、そんな感じっすか」

黙り込んだ敦也に、新山はちょっとだけ気遣わしげな声で尋ねる。

「どうかな」

「どうかなって」

「よくわからないんだ。本当に」

行きずりだったなら、多分こんなに悩まない。

かりそめだと言い切れたら、もっと楽なのだろう。

陽のことは、一方的かつ表面的にではあるが以前から知っていた。有り体に言えばいろいろな意味で興味があった。けれどそれとこれとは、つまりセックスの対象かどうかは別問題だろうと力ずくで結論づけていたのだが、その無理矢理な論理は昨夜、あまりに呆気なく破綻した。

陽に指摘されるまでもなく、堅物《かたぶつ》の自覚はあった。

それがああも易々《やすやす》と流されてしまうなんて。

陽は敦也のアイデンティティを根こそぎひっくり返し、ご丁寧《ていねい》に粒子《りゅうし》単位まで粉砕《ふんさい》し、花咲かじいさんよろしく秋の空にまき散らしてくれた。

枯《か》れ木《き》に花は、果たして咲くのだろうか。

「コーヒーでも淹れましょうか」

「ああ……うん」

心配そうに振り返りながら、新山は給湯室に向かった。

——たとえば。

敦也はその背中をじいっと見つめた。

自分は新山を抱けるだろうか。あるいは抱かれることができるか。今後どこかの時点でそういう気持ちになれるか。その可能性があるか。

図《はか》らずも過《よぎ》った想像図に、頰が引《ひ》き攣《つ》った。ぶるぶると頭を振る。

無理だ。絶対に無理。

時折その言動についていけなくなるものの、新山のことは基本的に好ましく思っている、少なくとも陽の百万倍つき合いやすい。だからといって新山と恋愛関係になる、あるいはその場のノリで肉体関係に陥るなどということは、一度たりとも考えたことはない。

可能性はゼロ、あるいは激しくマイナス。

——だったらなぜ陽とは……。

陽との行為は、決して不快ではなかった。むしろ一度身体を重ねたことで、掛井陽という人間をもっと知りたい、もっと深く関わりたいと感じた。陽の背後にちらつく不特定多数の男たちの影を、根こそぎはぎ取り、くしゃくしゃに丸めて窓から放り投げてやりたい。

ふつふつと湧いてくる粘度の高い感情に、敦也は昨夜から完全に翻弄《ほんろう》されていた。

「恋愛がどうやって始まったかなんて、あとになったらあんまり関係ないんじゃないっすかね。俺が口出すことじゃないと思いますけど……どうぞ」

「サンキュ」

コーヒーのカップを受け取る。果たして恋愛なんだろうかこれは。

「あんまりいろいろ考えすぎると、恋なんてできませんよ」

今日の新山は、なんだか深い。

そういえば食事会を放り出してまで駆けつけた彼女とは、どうなったのか。

「身体から始まる恋も、恋は恋ですよ。ああでも、ちょっと困ったことになったな」

新山は指先で頭をかいた。

「実は今週末、須賀先生に代打をお願いしようかと思ってたんです。合コンの」

「合コン?」

何年ぶりに聞く言葉だろう。あまりに懐かしい響きに、大学の裏手にあった居酒屋の喧噪が、酒と煙草の匂いを伴って鮮やかに蘇った。

先週、新山は大学時代の先輩から合コンに誘われた。彼女とはつき合って三年。曰く「ちょっと倦怠期《けんたいき》」ということもあり、出来心で参加を決めてしまったのだという。ところが悪いことはできないもので、昨日になって合コン参加の情報が彼女の耳に入ってしまった。勢い別れる別れないの修羅場《しゅらば》になってしまい、弱り果てた新山は、環に泣きの電話を入れた。

「ひと晩かかって彼女に許してもらった手前、合コンは断ったんですけど、じゃあ代わりのメンバー探してこいって、今度は誘ってくれた先輩にむくれられて……ダメっすか？」

上目遣いで見上げてくる新山には、やはりまったくそそられなかった。

「超イケメンで超優秀な先生を連れていくって、約束しちゃったんです」

「誰のことだ」

「須賀先生のことに決まってるじゃないですか。でもそういった複雑な事情がおありなら、無理には誘えないっすね」

そういった複雑な事情がなくてもお断りだ。返す言葉を胸に押しとどめ、敦也は腕時計を見た。そろそろ約束していたクライアントがやってくる時間だ。

「ね、ね、どんな女性なんですか。俺、すげー気になるんですけど」

「気にしてくれなくて結構だ」

「そんなつれないことを。美人系ですか？　可愛《かわい》い系ですか？」

「どっちでもない」

「多分可愛い系な気がします。でもって良家のお嬢さま系ですね」

新山の想像は、次第に妄想《もうそう》の域へと入っていく。

「おとなしいお嬢さんなのに、いきなりキスマーク。うわ、なんだか興奮してきました。須賀先生、写メとか撮ってないんですか」

「ない」

ないけどお前もよーく知っているやつだよ、と敦也はひっそりため息を零した。

「今度ぜひ紹介してくださいね。その可愛い系なのに肉食な彼女」

だから彼女じゃない。ついでに可愛い系でもない。

「気が向いたらな」

「一分後に気が向いたりしませんか」

「新山」

仕事しろ、と言いかけたところでようやく出先から環が帰ってきた。無駄話をしながらボスの帰還を待っていたらしく、新山はバタバタと用足《ようた》しに出かけていった。

「須賀くん、あなたたち昨夜、雨に濡れて帰ったの？」

唐突な問いかけに、敦也はコーヒーカップに口をつけたまま視線を上げた。

「いえ、傘を持っていましたから、直接雨には当たっていませんけど」

「あらそう。変ねえ」

持って帰ってきた書類の封筒を机上に並べながら、環は首を傾げた。

「はるクン、風邪ひいちゃったって」

「えっ」

「熱があるらしいのよ。さっき久紀から電話があってね、今朝の放送はなんとかこなしたけど、終わった途端パタンと倒れちゃったんだって。病院に運んで点滴受けさせて、今マンションまで送って寝かしつけたところだって。はるクンと仕事してると本気でハゲそうだってぼやいてたわ」

雨のせいじゃなかったのねと、環は書類に視線を落とした。

この——妙な鼓動の乱れはなんだろう。敦也は大きくひとつ深呼吸をした。

居ても立ってもいられないほど心配になったわけではない、断じて。ちょっと気になっただけ。決して駆けつけたわけじゃない。同じマンションに住んでいるのに、熱を出したと知っていて無視するのもどうかと思っただけだ。なにせ昨夜の今日だ。熱を出した原因が自分に——自分との行為にあったりしたら、環じゃないがそれこそ寝覚めが悪い。

呼び鈴を押す。静寂。もう一度押す。返事はない。もしかしてとノブを回すと、施錠《せじょう》がされていなかった。不用心にもほどがあるだろうと、敦也は小さく舌打ちをした。

「入るぞ」

形ばかりの断りを入れ、部屋に上がる。陽はベッドで眠っていた。額には冷却ジェルシートが斜めに貼られ、枕元には病院から処方されたと思《おぼ》しき薬の袋が乱雑に置かれていた。頬は赤く上気し、前髪が汗でべったりと濡れている。

「ん……」

形のよい眉が、苦しそうに歪む。呼吸も苦しげだ。熱はまだ下がっていないのだろうか。

敦也は腰を屈《かが》め、トクトクと鼓動を刻んでいる白い首筋に触れた。しっとりと湿った肌が手の甲《こう》に吸いつく。少し熱っぽいものの、高熱ではなさそうで安堵した。

布団《ふとん》の中で陽が身動《みじろ》ぐ。

んん、と辛《つら》そうに眉根を寄せ、何か呟いた。

「……なさい」

聞き取れない。敦也は微かに動く陽の唇に耳を近づけた。

「ごめ……さい……めん」

——ごめんなさい？

誰かに許しを請う夢。あまりいい夢ではなさそうだ。

「おい、はる——」

呼びかけようとして、敦也は気づいた。陽の眦《まなじり》からひと筋、涙が伝っている。

「ごめ、ん……」

「陽」

「許して……許し、う、わあっ！」

跳ねるように、陽が飛び起きた。焦点の合わない視線に、敦也は息を呑《の》む。

あの時の目だった。雷に怯えて嘔吐した、あの日の瞳。

「おい、大丈夫か」

覗き込むように問いかけると、虚《うつ》ろにさまよっていた視線が、ようやく敦也を捕らえた。

「須賀……さん」

うなされていたぞと言いかけてやめた。泣くほど辛い夢から、やっと解放されたのだから。

「具合はどうだ」

「……わかんない」

「何か食えそうか」

陽は首を横に振る。寝起きのせいか熱のせいか、その表情はいつも以上につかみどころがない。

買ってきたスポーツドリンクのキャップを開け手渡すと、陽はごくごく一気に半分飲み干した。よほど喉が渇いていたのだろう。

「おい、もっとゆっくり」

注意する傍から、げふっと噎せた。

「あぁ……零しちゃった」

小さな子供のお母さんって、こんな気持ちなんだろうか。

敦也は苦笑混じりにため息をつく。

「とりあえずシャツを脱げ」

「え、するの? 今から?」

 能天気な勘違いで急に生き生きする陽に、全身の力が抜けた。

「洗うんだ」

「なんだつまんない。須賀さん、案外鬼畜《きちく》なんだって一瞬喜んだのに。超がっかり」

「一生、超がっかりしてろ」

「いいよこれくらい、ティッシュで拭く」

「零したとこだけじゃない。汗で背中がべとべとだろ。いいから早く脱げ」

「べとべとって……なんかやらしい。須賀さんが洗濯してくれんの」

「他に誰か来る予定があるなら、帰るぞ」

いないよそんなのと、陽はパジャマ代わりの部屋着を脱ぎ始めた。Tシャツ、ルームパンツ、ボクサーショーツ。躊躇いもなくするんと晒された裸体《らたい》から、敦也は思わず視線を逸らした。

「着替えはどこだ」

「そこのチェストの一番上の引き出し。ねえ、ホントにしないの？」

「パンツ、どれでもいいのか」

「緑のシマシマ。ねえ、しようよ。せっかく裸になったんだから」

「洗濯機、使うぞ」

緑のシマシマを裸の胸に押しつける。ピンクにツンと勃った乳首に、まんまと吸いつけられそうになる視線を強い意思で引っぱがし、敦也は洗面所へ向かった。

洗濯機を回す間、キッチンでお粥を作った。小さめの土鍋《どなべ》、米、卵などなど、すべて帰宅途中に買ってきた。料理はあまりしないから、実はさっきスマートホンで作り方を検索した。事務所を出る時、環に教えを請おうとして思いとどまった。疚《やま》しいことなどないのだから隠す必要もないのだが、陽の見舞いにいくと、なぜか言えなかった。

ドアを開けたままの寝室から、陽の笑い声が聞こえる。お笑い番組を観ているらしい。

「できたぞ」

我ながら上手に煮えた粥を寝室に運んだ。小さな土鍋の蓋を開けると、いい匂いの湯気が上がる。芸人たちの繰り出すギャグに笑い転げていた陽が「わあ」と感嘆の声を上げた。

「かなり美味しそう。見た目は」

「疑り深いな」

「美味しいの？」

「食えばわかるだろ」

レンゲを渡そうとすると、陽があーんと大きく口を開けた。

「虫歯はなさそうだな」

「食べさせてよ。風邪の時の定番。オヤクソク」

「誰が決めたんだ」

「昔から決まってるんだって。法律みたいなもん」

陽はにっこりと、口を大きく開けた。

「六法全書には載っていなかったな」

「恋の六法に載ってるよ。一ページ目に。はい、あーん」

とてつもない不毛感と闘いながら、敦也はひとさじ粥を掬《すく》う。半熟の卵の端を少しだけ崩して絡め、慎重にふーふーしてから陽の口に運んだ。

「うん！　美味しい」

満面の笑顔に、こちらまでつられて頬を緩めそうになるのをぐっと堪えた。

「それはよかった」

「今まで食べたお粥の中で一番美味しい」

「光栄だな」

「たまちゃんのより美味しい」

……緩んでしまった。

誰かのために食事を作ったのも生まれて初めてなら、褒めてもらったのも初めてだ。

陽があーんと口を開ける。敦也はふーふーした粥をそこに運ぶ。まるで雛《ひな》と親鳥だ。

ふーふー。ぱく。もぐもぐ。おいしー。ふーふー。ぱく。もぐもぐ。おいしー。

赤面ものの繰り返し。なのになんだろう、この満たされていく感覚は。不毛なはずの大地の片隅に小さなタンポポを見つけたような、柔らかでほのかな喜び。

唇についた粥を、陽はぺろりと舌で搦《から》め取る。その扇情的な仕草は、寝癖をつけたままの無防備な寝起き顔とあまりにそぐわない。

「あー美味しかった。ご馳走さま。須賀さんのお粥で、風邪治っちゃったかも」

不意に、押し倒してしまいたい衝動に襲われる。

「どうしたの、変な顔して」

「……いや。他に食べたいものはあるか」

「うーんと、バナナ」

「バナナ？」

下のコンビニで売っていただろうか。考えていると陽がにやにや視線を落とした。

「須賀さんのバナナが食べたい」

デザートデザートと舌なめずりするので、デコピンを食らわせた。

「痛てっ」

「お前の頭にはソレしかないのか」

「熱でソレが増殖したみたい。頭ん中でバナナたちが手をつないでダンスしてる」

「…………」

「冗談だって。お腹いっぱいになったらまた眠くなっちゃったから、今夜は襲うのやめる」

「何よりだ」

トレーを手に、敦也は勢いよく立ち上がった。陽はちらりと敦也を見上げ、甘えん坊の子供みたいに、にこっと笑った。視線が絡む。ととん、と鼓動がステップを間違えた。

――新山のやつ。

あいつが悪いのだ。「恋」などという小っ恥ずかしい言葉を持ち出すものだから、この曖《あい》昧《まい》な感情に、なんとしてもタグをつけなければならない気分になってしまう。勢いで一度セックスしてしまっただけで、自分と陽はまだなんでもないのだ。

――というか「まだ」ってなんだ。

自分で突っ込むほど虚しいことはない。敦也は寝室の出口で左右に首を振った。

「そうだ。玄関の鍵《かぎ》が開いていたぞ。不用心だから締めておけよ」

「あーあれね。わざと開けておいたんだ」

「どうして」

思わず振り返ると、陽は「よっこらしょ」と身体を横たえ、言った。

「須賀さんがお見舞いに来てくれたらいいなーと思ってさ」

「待っていたのか」

「待ってたってほどじゃないけど、希望というか願望というか。ほら、風邪ひくといろいろ嫌なこと考えたりして、切なくなるじゃない。だから来てくれてほんと、嬉しかった」

そう言って陽は、照れたように布団に潜り込んだ。眦を伝った涙を思い出した。

「…………」

正しい返答が見つからない。半分開いたドアの前で、敦也は立ち尽くした。

昨日のようにあからさまに誘われるのも困るが、こんなシチュエーションは正直もっと困る。困るというのは不愉快とは違うからさらに困る。胸の奥がくすぐったくてとても困る。

陽に頼られ、甘えられるのが嬉しい。それは嘘偽りない気持ちだ。セックスも気持ちよかった。けど今ここでトレーを投げ出し、布団をはいで陽を裸に剝くことが、正しいとは思えなかった。なぜなら陽は風邪をひいている。では陽が健康な時だったらどうなのか。それに陽には痴話喧嘩をする相手が……。

ぐるぐる考えていると、陽が「そうだっ」といきなり布団から顔を出した。

「大事なことを忘れるところだった。須賀さんに折り入ってお願いしたいことがあったんだ」

「なんだ」

どんなことでも聞き入れてやりたい気分だった。

「去年のことなんだけど、おれの大事な友達がオカマ掘られてね、あ、本当に掘られたんじゃなくて、車で後ろから追突されたって意味ね、それで右手にすごくひどい痺《しび》れが残ったんだ。なのになんだか知らないけど保険会社から訴えられちゃって、先週、裁判で負けたんだよ。意味わかんないだろ？」

敦也はふたつの意味で眉を顰《ひそ》めた。ひとつは「大事な友達」というフレーズに。もうひとつは追突されたのに訴えられているという件に。経験上そういった事案の場合、被告側の詐《さ》病《びょう》（仮病《けびょう》）が疑われた可能性が高いからだ。しかも敗訴している。

「だからさ、弁護士を変えて、こっ、こっ、えーっと」

「控訴《こうそ》」

「そーそー、その控訴をしたいんだって。自分は神に誓って嘘なんかついていない。信じてくれる弁護士を探すって」

「それで俺にどうしろと」

陽が見上げている。言わなくてもわかるでしょ、とばかりに。

「ショーイ、根はすごくいいやつなんだ。キレやすいから誤解されるんだけど」

キレやすい？　まさか。

「あの夜もワインボトル投げて飛び出した後、すぐに反省して『ごめん』ってメールよこしたんだよ」

「…………」

「お願い。頼れるの、須賀さんしかいないんだ」

キレやすい彼氏のために、陽はそう言って両手を合わせた。

心が一気に氷点下まで冷えていく。タンポポは幻《まぼろし》だったらしい。


依頼は極力断らない主義の敦也だが、もちろん例外もある。それはクライアントを信頼できないと判断した場合だ。自分に不利な情報を隠し、挙げ句「黙っていれば相手にはわかりっこない」などとのたまう依頼人もいる。

週明け、陽に押し切られる形で渋々会うことになったのは、正井学《まさいまなぶ》という眉の細い金髪男だった。真面目そうな名前とは裏腹な外見は、三六〇度どこから見てもホスト。ショーイというのは正井という苗字《みょうじ》から取った源氏名《げんじな》で、普段からそちらで呼ぶように周知徹底《てってい》しているという。

「で、正井さんは控訴なさるおつもりなんですね」

「さっきから、ショーイでいいっつってんのに」

尖った前髪を指でピンと弾き、ショーイはたいして長くもない足を組み替えた。じゃらじゃらと手首につけたブレスレットは金。偽《にせ》ものではなさそうだから、金に困っているわけではないのだろう。応接スペースを仕切るパーティションの向こうで、新山が笑いを押し殺す気配がする。むっとする気持ちを腹に押しとどめ、敦也は「わかりました」と笑顔を浮かべた。

ショーイは一昨年《おととし》の暮れ、赤信号で停車中に後ろから軽乗用車に追突された。事故の衝撃でムチ打ちになり、しばらくして右手にひどい痺れが現れた。ところが保険会社からは「治療費は支払えない」という旨《むね》の通知が来たという。敦也が懸念《けねん》した通り、保険金目当ての詐病だと判断されたのだ。

追突した後続車両の時速は八キロ前後だった。八キロ程度の追突ではムチ打ちになどならないというのが保険会社の言い分だ。公判ではご丁寧に、実際に車に人間を乗せて実験をしたという鑑定《かんてい》結果まで提出していた。さらに悪いことに、ショーイのムチ打ちを診断した病院というのが、以前から保険請求を乱発し、過去に保険診療の取消処分を受けたことのあるいわくつきの病院だった。

加えて状況をより不利にしたのが、ショーイの外見と態度だ。金髪細眉でタメ口のホストが裁判官に与える心証は、推《お》して知るべしといったところか。すったもんだの末、保険会社側は「債務不存在確認請求」なる訴訟を起こし、一審は原告側の全面勝訴に終わった。

「ひでー話だろ。保険屋の野郎もあっちの弁護士も裁判官も、クソだクソ。うんこ野郎ばっか。マジ全員、目が節穴なんじゃね？　オレがこんなに痛てぇっつってんのに」

「じゃあお仕事の方は」

「辞めてもいいんだけどさ、なんつーかホストってオレの天職？　みたいな。だから痛いの我慢して続けてるんだけど、利き手がコレじゃお客さんの髪撫でるのもひと苦労でさあ、あっという間にナンバー1から転落よ。不細工な後輩より番づけ下で、マジもう死にてえ」

「そうですか。大変でしたね」

相づちを打ちながら、敦也はショーイの仕草を観察した。得てして嘘というものは、本人の意図しない形で思いがけずバレてしまうものだ。動かないはずの手で書類にサインをしてしまったり、左足を痛めているはずなのに右手で松葉杖《まつばづえ》をついたり。ショーイの依頼を引き受けるかどうかは、彼の言い分に嘘がないことが大前提だ。

およそ一時間の面談で、敦也は「ショーイは嘘をついていない」という判断を下した。態度は悪い。口の利き方を知らない。しかし右手が痺れて生活に支障が出ているという彼の言い分は、おそらく事実だ。

ショーイが帰ってすぐ陽から電話があった。スマートホンを片手に、敦也は廊下《ろうか》に出た。

『引き受けてくれたんだってね。ありがとう須賀さん。ホントにありがとう』

「百パーセント勝てる確信はないが、できる限りのことはする」

『ショーイすごく喜んでた。あんなに嬉しそうなあいつ、久しぶりだった』

感激ひとしおの陽に、敦也の心は沈んでいく。

『なんせワインボトル投げちゃうくらいイライラしてたからね、ここんとこずっと』

本当は床に叩きつけようとしたのだが、左手だったため手元が狂ってあんな派手なことになったのだと、陽はショーイを庇《かば》った。

叩きつけるのも投げつけるのも、敦也にすれば同じことだ。欠片がもしも陽に当たってい
たらどうするつもりだったのか。イライラしたからといってモノに当たる人間は嫌いだ。

「陽、お前、ショーイと……」

言いかけて言葉を呑んだ。

『え？　聞こえない。ショーイが何？』

「いや。なんでもない」

自分としたようなことを、いつもショーイとしているのか。ショーイの前にも、あんなあられもない姿を晒し、切ない喘《あえ》ぎを聞かせているのか。尋ねてどうなるものでもない。恋人同士なら当たり前のことだ。

——ただ。

得体の知れない黒い塊が、胃の辺りにずしんと居座っている。あの日の痴話喧嘩でショーイとは別れた。陽がそう言ってくれないかと、どこかで期待していた。しかし現実は逆で、陽はショーイに敦也を紹介した。ショーイの……恋人の力になってほしいと。

あんな常識知らずでキレやすいチャラ男のどこがいいんだ。陽はバカだ。

そしてその男の弁護を引き受けてしまった自分は、もっとバカだ。

『あのさ、須賀さんにいろいろまとめてお礼がしたいから、今夜ウチに来て』

「今夜はちょっと……」

『あ、鴻上さんが呼んでる。とにかく待ってるからね。んじゃ』
一方的に通話は切れた。肌寒い廊下で、陽の滑らかで温かい肌を思い出した。

確信に近い予感はあったが、案の定陽からの礼はズバリ、セックスだった。ショーイの依頼を引き受けたことの礼が陽の身体というのもおかしいが、セックスが礼という異常な事態を受け入れてしまう自分の神経が、敦也にはもう理解不能だった。自分のことなのに。魔が差したなどという言い訳も、もはや通じない。一度許したらあとはなし崩し。そんないい加減な関係を誰より嫌っていたはずなのに、一度目より感じてしまい、少なからず積極的になっている自分を、認めないわけにはいかなかった。

須賀さんっていい人だね。その夜だけで陽は三回、同じ言葉を口にした。そのたび敦也は説明のできない居心地の悪さを感じた。決して不愉快なわけではない。お粥の件にしてもショーイの件にしても、陽が心から自分に感謝していることはわかる。けど「ありがとう」「いい人だね」と言われるのを、素直に喜べない自分がいた。

たとえるなら、身体のどこかを蚊に刺されたのだけれど、刺された場所がわからない時のように。かゆみそのものより、場所が特定できないことへの苛立ちが強い。手が届きそうで届かない歯がゆさに、身悶えしたくなる。

自分は陽に何を求めているのか。いい人ではなく、一体どんな人だと思われたいのか。

わからないまま敦也は、陽とのセックスに抵抗をなくしていった。

結局それから、三日にあげず身体を重ねるようになった。大抵は夕刻、陽からの『今夜する？』というあっけらかんと身も蓋もないメールが来て、敦也がそれに応じた。

どうする？　来る？　来ない？

どっちでもいい。

じゃあ来て。先にシャワー浴びて待ってるから。早く来て。

そんな直球な誘いにも、次第に慣れていく。さも迷惑そうに面倒くさそうに返事をするのは、敦也のくだらない体裁《ていさい》だ。もっとも陽の方は敦也のもったいぶった声色などまるで気にしていないようで、それはそれで複雑な気持ちにもなる。

あれほど悩んだ性指向についても、あっという間に気にならなくなった。

呼ばれたから仕方なく来てやったという態度とは裏腹に、陽を抱ける日の胸の高鳴りは日増しに激しくなっていった。メールのない日は、陽がまた誰か別の男に抱かれているのではないかと不安になった。ショーイの顔が何度も浮かび、そのたび慌てて打ち消した。

ひと晩の回数は、二回、三回と増えていき、ふたりベッドで朝を迎えるのが常になった。さすがに身体が持たないだろうと気遣っても、陽は『いいからしてもっとして』と何かに取《と》り憑《つ》かれたようにせがんだ。今夜はもうよそうと告げると、あからさまに不機嫌になることもしばしばだった。突然枕を摑んで敦也に投げつけたこともあった。

その必死さがどこか病的で、敦也はほどなく気づく。

陽はセックスに依存している。いわゆるセックス依存というやつだ。

思い返せば初めからそうだった。敦也を掃除に呼び出しておいて、クローゼットに放り込み鴻上にオナニーの見学をさせた。あれはおそらく疑似《ぎじ》セックス。強い刺激が欲しかったのだ。段ボールにつめ込まれたエロDVDやらオモチャやらも、陽がそういったものを常に必要としている証拠だ。クローゼットの中に敦也がいるとわかっていてもやめなかったのではなく、やめられなかったのだ。

俺はあの紫《むらさき》やピンクのイボイボの代わりか。

そう思うと自虐《じぎゃく》的な気分にもなるが、何より敦也自身が、陽とのセックスを必要としていた。いや、セックスだけじゃない。陽という男のくるくる変わる表情、仕草、声、言葉、そのすべてに強く惹かれていた。

背中に細く長い腕を回し、爪《つめ》を立てて、須賀さん、須賀さん、気持ちいい死んじゃうと、耳の奥を舐めまわすような声で囁き、息も絶え絶えに果てる姿は、今までつき合ってきたどの女性より敦也を刺激した。けれどひと通り満足を得ると、くるりと背を向けてひとりでバスルームに消えてしまう。じゃ、お疲れさま。仕事のような素っ気なさで。

激しく求められれば舞い上がるほど嬉しくて、ただその反動でひどく落ち込む。

陽が自分に何を求めているのかなんて、嫌というほどわかっている。しょせんは身体から始まった関係だ。陽を責めるのは筋違いだ。

わかっている。わかってはいるのだけれど……。

やはり自分は真面目すぎるのかもしれない。陽に指摘されたように。

性欲だけで繋がる関係など、長くは続かない。だから自問する。長く続かなくてもいいのか。一時の快楽を得られれば満足なのかと。自分たちがどこへ向かっているのか、ぼんやりとはわかっていた。決して明るい方角ではない。陽を抱いた朝に感じる重苦しい切なさが、答えなのかもしれない。

「なにこれ」

コクンと首を傾げ、陽が瞬きをした。

土曜の夜だ。今夜は時間をかけてじっくり話し合うつもりだった。

「ドロップ」

「いやそれはわかるけど」

「好きなんだろ？　サクタのドロップ」

「そうだけど、なんで急にこんなもの」

手渡した缶を、陽は不審物でも見るように眼前に翳《かざ》した。

「あ、わかった、段ボールの中身見たんだ」

四角い緑色の缶に、赤で綴《つづ》られた『サクタ製菓《せいか》のドロップス』の文字。

あの夜、不覚にも放り込まれたクローゼットの中で見つけたのと同じ缶だ。

「好きなんだろ。通帳と一緒にしまっておくくらい」

「あの段ボールは、緊急時の持ち出し箱なんだ」

地震とか火事とかさ、と陽は真顔で言う。

「お前は生命の危機に瀕《ひん》しながら、エロDVDやいかがわしいオモチャを最優先で持ち出すのか」

「当然。ないと死んじゃうから」

「ドロップも？」

一瞬、陽の瞳がさっと曇《くも》ったのは気のせいだろうか。

「あれは……中身空だよ。もう入ってないから、ドロップ」

確かにとても古い缶だった。

中身までは確かめてみなかったが、もうドロップは残っていないのだろう。

「可愛い缶だったから取っといただけ。しっかし懐かしいね。須賀さんも食べたでしょ、子供の頃」

「ああ」

クローゼットに放り込まれた夜、段ボール箱の中で見つけたドロップの缶に、敦也はしばし見入ってしまった。多くの子供がそうだったように、敦也もサクタ製菓のドロップスが大好きだった。

陽が、手にした缶をガランと鳴らした。

ガランガラン。

ガラン、ガラゴロガラン、ガラゴロ。

赤、黄色、緑、紫……白もあったはずだ。

白い薄荷《はっか》はすーすーして嫌いだったから、いつも聡一郎にあげてしまった。たまには薄荷じゃなくて他のもくれよ敦也。そんな、子供みたいなことを言う人だった。

形も、丸いのとか四角いのとか、いろいろだったはずだ。

緑の缶は、いろいろな思い出を連れてくる。

ガラン、ガランゴロン。ガラガラガラ……。

「こら、そんなに振ったらドロップが欠けるだろ」

「ねえ、本当にどうしたのさ」

「だから買ったんだ。そこのスーパーで」

「弁護士がスーパーで万引きするとは思ってないよ。そうじゃなくて、なんで急にこんなもの買ってきたのかって聞いてんの。酒のつまみにもなんないのに」

「つまみに買ったんじゃない」

敦也は陽の手から缶を取り上げた。

「陽」

「んー？」

「俺と約束してくれないか」

強い視線で、正面から陽を見つめた。

「もう、いろいろな相手と節操なく寝たりしないと、約束して欲しい」

陽の顔から、すっと笑みがひいた。

戸惑いと逡巡《しゅんじゅん》の隙間に、隠した素顔が見えてきはしないかと、敦也は瞬きもせずその顔を凝視《ぎょうし》する。けれど陽の瞳はがらんどうで、何も示してはくれなかった。

「失礼ですが、なんの権限があっておっしゃっているんでしょうか」

「陽、俺は真面目なんだ」

「須賀さんが真面目だってことは嫌ってくらい知ってるよ」

「だったら――」

「まったく何を言い出すのかと思ったら。なんか鴻上さんがふたりになったみたい」

くっだらないと肩を竦め、キッチンへ向かおうとした陽の腕を摑んだ。

「なに」

「鴻上さんにああいうことさせるのもやめろ」

陽はあからさまに迷惑な顔をして、ハッとひとつ尖ったため息をついた。

「独占欲バリバリだね。セフレとしては最悪なんですけど」

「俺はセフレのつもりでお前と寝ているわけじゃない」

「ええっ！」

陽は大仰に両手で自分の頬を挟んでみせた。

「じゃ何、まさか恋人だとでも？　妻？　夫？　大変だ、今すぐ結婚しなきゃ」

「ふざけるな」

摑んだ腕を強く引くと、陽は「痛い」と眉を顰《ひそ》めた。

「心配しなくても、須賀さんとこういうことするようになってから、誰とも寝てないよ。須賀さんので満足だから、今んとこは」

〝の〟というのがあまりに即物的で、そうじゃないだろと腹だたしくなる。

おまけに〝今んとこは〟ときた。

「これからもずっとそうして欲しい」

「申し訳ありませんが、お約束しかねます」

「真面目に聞け」

「おれは真面目だよ。すんごく真剣に、あー面倒くさいって思ってる」

「陽」

「たまにいるんだよね」

陽は気怠《けだる》い仕草で髪をかき上げた。

「おれの身体の虜《とりこ》になっちゃうやつ。お堅い人ほど始末が悪い」

「お堅いとわかってて誘ったのはそっちだろ」

「ここまでとは思わなかった」

逃げようとする腕を、もう一度強く引き寄せる。

「痛いって言ってるだろ！」

陽が声を荒げたが、ここで怯むわけにはいかない。敦也は陽の両肩を摑んだ。

「陽。俺と」

続く台詞はかなり勇気がいる。二十九年の人生で初めて口にするからだ。

「俺と、なんというかその、つき合って欲しい」

「つき……」

零れ落ちるのではないかと思うほど瞳を見開き、陽は絶句した。

敦也は畳《たた》みかけるように続ける。

「ほかの誰とも寝て欲しくない」

誰とも、と嚙んで含めるように繰り返した。

「お前が、俺じゃない誰かとセックスするところなんて想像したくない。俺はお前としかしない。お前も俺とだけしかしない。ちゃんと、そういうふうにつき合いたい」

「なんで?」

「なんで、って」

「いい年こいて、ラブラブ恋人ごっこ?　まさか本気で恋人同士になろうとか、クソ甘ったるいこと言わないよね」

「それは……」

返答につまる敦也を、陽のひややかな視線が刺した。ごっこのつもりはない。けれど、ごっこじゃないなら何なのか、上手く説明できる自信がない。

「この間までバリバリのノンケだったのに。自分が何言ってんのか、わかってる?」

「わかっているさ」

陽とて、不特定多数の相手と危険極まりないセックスを繰り返すことを望んでいるわけではないはずだ。『ハレモニ』の顔という自分の立場を理解しているからこそ、鴻上にいかがわしい買いものを頼んだりするのだ。

「愛してる、とか言っちゃったりするわけ?」

「お前が……望むなら」

「望まないから心配しなくていいよ」

「茶化すな」

「ケツの穴に指突っ込んだり、チンコ舐め合ったり、そういうのが須賀さんの愛なわけ」

「そこだけを取り上げるな」

陽は天井を仰いで首を振った。やってられないと顔に書いてある。

「ま、いいけどね」

陽はタンポポの綿毛《わたげ》ほど軽い口調で言った。

「よくわかんないけど、要はこれからも須賀さんと毎日セックスするんだよね。で、おれが他の男と寝なければいいんだよね。だったらいいよ、うん。ただ今から恋人ごっこ開始だ」

そうじゃない、そうじゃないだろ。

伝わらない真意に歯嚙みする敦也の手を握り、陽はにっこり微笑んだ。

「んじゃ、恋人（仮）になった記念に、今夜はより一層えっちぃセックスしよう。あ、たまにオモチャ使ってみない？　確か段ボールの奥に極太のディルドがあったはず……あっ、ん」

まだまだしゃべり続けそうな唇を、キスで封じた。

「んっ……」

キスは、あまりしなかった。陽が嫌がるかもしれないと思っていたから。身体だけの関係を求める男たちの中には、キスを拒む者が少なくないとどこかで聞いたことがあった。だけどもう遠慮はしない。しないと決めた。

陽は突然のそれに、驚いたように身を竦めた。頬をそっと手で覆う。持ち主同様の無骨な指で、陽の顎のラインをなぞった。頤《おとがい》をくすぐると形のいい唇から、んっと湿った声が漏れた。

陽の唇、舌、唾液《だえき》の温度。もっとずっと味わっていたいが、敦也はあえてそっと離した。

「もうおしまい？」

「そう。おしまいだ」

「じゃ、ベッドに行く？　それとも先にシャワー浴びる？」

それが当然の流れだと、うきうきと話す陽を、敦也は真正面から見つめた。

「セックスするかどうか、これから決める」

静かに告げると、測ったようなアーチを描く眉がみるみる歪む。

「今日からは、会うたびにはしない。そう決めたんだ」

「決めたって……何。意味わかんないんだけど」

戸惑いと苛だちを隠し切れない陽を横目に、敦也はテーブルの上に置いたドロップの缶を手に取った。

「お前、何味が好きだった？」

「今そんな話してない。ね、それより早くベッドに」

「いいから答えろ。何味が一番好きなんだ」

陽はぶっきらぼうに、オレンジと答えた。

「じゃあ当たりはオレンジ。それ以外は外れだ」

陽の眉間に皺が寄る。敦也はドロップの缶に貼《は》られた金色の封をはがし、上部の丸い蓋をスプーンの舳先《へさき》でぐいっと開けた。

「毎日ひとつずつ、目を瞑ってこの缶からドロップを取り出す――こんなふうに」

少し斜めにしてガラガラと振る。

手のひらに、ピンク色の丸い粒がひとつ転がり出た。

「イチゴは外れ。だから今日はセックスしない」

「…………」

陽の眉間の皺が深くなる。

「当たりはオレンジ味だけだ。オレンジが出たら、その夜俺はお前を抱く。それ以外だったら抱かない。そういう約束をして欲しいんだ」

からかわれているのだろうか。それともバカにされているのか。陽は懸命に敦也の本心を見極めようとしているようだった。

「どうして、そんなこと」

抉《えぐ》るように鋭い視線を、敦也は全身で受け止めた。

「必要だと思ったから。ルールが」

「ルール？」

予期しない方向に話が向かっていることを感じ始めたのか、陽の表情は徐々に硬さを増していった。

「俺たちの、セックスに関してのルールだ。今のままでいいとは、お前だって思っていないんだろ？」

陽はとっくに自覚しているはずだ。

セックスに依存し、それなしではいられない自分を。

「俺なりにいろいろ調べた。俺は医者じゃないから、果たしてこれがベストな方法なのかはわからない。だけど何かひとつルールを決めて、それを守ることで欲求をコントロールすることは有効な方法らしい」

買い漁《あさ》るようにして精神医学の専門書を集めた。貪《むさぼ》るように読み進む中で、信頼できるパートナーの存在が大切だということを知った。

「あほくさ」

「そう言うと思った」

「悪いけどおれは……んっ」

予想通りの反応を示した陽を、正面から抱き締めキスをした。直前に口に入れたイチゴのドロップを、舌で陽の口内に送り込む。陽は敦也の腕でもがきながら、舌先でドロップを押し返してきた。

「ねえ、つまんないこと考えないで、とりあえずしようよ。おれもう、半勃ち」

陽は敦也の太股《ふともも》に、むにゅむにゅとそこを擦りつけてきた。

「その気にならないなら、黙って立ってるだけでいいから」

勝手に擦りつけて自分だけ気持ちよくなるつもりらしい。

「やめろ、陽」

「筋肉があるから電柱よりはマシ……んっ」

陽のそこはあっという間に熱を持ち、形を成す。そのお手軽さが無性に悲しかった。

腰を上下に動かしながら、陽はその腕を敦也の首に回す。熱く切ない吐息が首筋にかかって、このままいつかみたいに流されてしまいたい衝動に襲われる。

敦也は奥歯をぐっと噛みしめた。

「陽、やめるんだ」

「気持ちよくなってきた」

「やめ、ろっ」

しなだれかかる細い身体を、強引に引きはがした。

「今日はイチゴだから、セックスはしない」

「あのさあ」

陽はしばらく敦也を睨み上げていたが、やがて口元を歪め「バッカらしい」と玄関に向かって歩き出した。

「どこへ行くんだ」

「須賀さんの知らないところ」

「セックスしない俺は、用なしか」

「わかってるんならどいてよ」

「陽！」

行く手を塞ぐように立ちはだかった。

「ショーイのところか」

唸るように問うと、陽は一瞬毒気を抜かれたように「はあ？」と首を傾げた。

「なんであいつのところなんか。須賀さんまさか、おれとあいつのこと疑ってるの？」

疑っているも何も。ド派手な痴話喧嘩の後片づけを、誰にさせたと思っているのか。

「つき合っているんじゃないのか」

「あいつとはそういうんじゃないって。ただの友達。ていうか腐《くさ》れ縁」

到底信じられないのに、心の半分がホッとしている。そんな自分に腹がたつ。

横恋慕とは最も縁遠い人間だ思っていた。どんなに気の合う子でも、恋人がいると知った瞬間、呆気ないほど気持ちが冷めた。今までの敦也なら、ショーイの存在を知っていながら陽を抱くことはなかった。なのに今、敦也は自ら進んで流され、後悔するどころかさらなる深みを目指している。

陽に振り回されている。そう感じた自分を即座に否定する。責任転嫁《せきにんてんか》は好きじゃない。

「オレンジが出たらセックス。それ以外の日はしない。それだけだ。単純なルールだろ」

「単純ねえ」

廊下の真ん中で陽は俯き、しばらくの間じっと考え込んでいた。

滅多《めった》に見せない、真剣な目をしている。

「気持ちいいのは大好きだけど、縛《しば》られるのはゴメンだ」

「お前を抱けないのは俺も辛い。お前だけが我慢するんじゃない。ふたりで我慢するんだ」

「嘘ばっかり」

「嘘じゃない」

「恋人同士でえっちを我慢する意味がわかんない。そもそも何回までが正常で、何回から普通じゃないのか、そんなの誰が決めるんだよ」

セックスの回数に決まりなど無論ない。問題はその行為に依存していることにある。自分の状態を一番わかっているのは、陽自身のはずだ。

空気が重い。敦也は祈るように陽を見つめた。約束を呑むのか呑まないのか、陽自身に決めてほしかった。だから敦也は黙って待った。

たっぷり五分沈黙し、陽はようやく口を開いた。

「オレンジが出たら、とりあえず抱いてくれるんだね」

「ああ」

「約束だからね。破ったら殺すよ」

「ああ、いいよ」

頷きながらキスをした。口の中で少し小さくなったドロップを、陽の舌に載せる。

「あーあ、もう、なんだか最低。悪徳弁護士に言いくるめられた気分」

陽はぶつぶつ文句を言いながら、ようやくリビングに引き返す。ソファーに腰を下ろすと、どこか観念した様子で敦也の飲みかけのビールを呷った。

「須賀さんさあ、破滅的にモテないでしょ」

「ん？」

モテるでしょと言われたことはある。実際にモテた記憶はないが、モテないだろうと聞かれたのは初めてのことだった。

「オトコゴコロってもんがわかってない」

「悪いな。今までオンナゴコロしか気にしてこなかった」

「正義感なんかで男は陥落しないよ」

「正義感で言っているわけじゃない」

「ホント、須賀さんの脳みそって四角いんじゃない？　いっぺんＭＲＩでも撮ってもらったらいいよ」

「じゃあ何にならお前は陥落するんだ」

うーん、と迷ったふりをして、陽はにやりと笑った。

「やっぱ、でっかくてぶっといアレ？」

自分で言って、陽はあははと笑った。とりあえず約束は締結《ていけつ》された。

正義感からしていることなら、多分こんなに苦しくない。なんのためにと問われてもまともに答えられないくせに、かといって放っておくこともできない。

限りなく半端《はんぱ》で無責任なこの状況を、誰かに説明してほしいと思ってしまう。

「うえっ、ドロップとビールって最悪。須賀さんも最悪」

陽は口の中でイチゴのドロップをコロコロさせ、ちょっとだけ苦い顔をした。


少しずつだが、朝夕の気温が下がっていくのを感じる。日中はそれなりに暖かくなるものの、冬の足音は確かに近づいていた。十月も半ばに差しかかると、さすがにゲリラ豪雨の襲来もめっきり減った。陽の打率はそこそこ上がってきたようで、ここ一週間は空振《からぶ》りも見逃《みのが》しもしていない。看板気象予報士の名にふさわしい見事な打率だ。

ここ数日、新山《にいやま》とふたりで全国津々浦々の追突事故に関する事例を洗い出していた敦也《あつや》は、ついに昨日、時速八キロの追突でもムチ打ちになるケースがあることを突《つ》き止めた。新山はガッツポーズまでして喜んだが、正直なところそれだけではまだ弱い。二審でひっくり返すには、マイナスに振り切れているであろうショーイの心証を補う、もっと確実な証拠や証言が必要だ。

「とは言ってもな。あー、なんか面倒くさくなってきた」

頭をガリガリやっていると、新山と目が合った。さっきからチラチラと視線を感じていた。

「なんだ」

「いえ。珍しいなと思って。須賀《すが》先生が面倒とか言うの」

「そうか?」

「やってらんねーって思ってるんだろうなあと、俺が勝手に感じることはありますけど、先生がそれを口にしたの、初めて聞いたんで。やっぱ須賀先生でも、依頼を引き受けたこと後悔することがあるんっすね。ま、ないわけないですよね。人間だもの」

新山は自己完結してしまったが、敦也はひっそり反省した。依頼人を目の前にして発言したわけではないが、口に出したのは少々軽率だったかもしれない。

——後悔……か。

自覚はなかったが、確かにそうなのかもしれない。ただそれは証拠が思うように集まらないことへの後悔ではない。依頼人の向こう側にいる男の存在が、敦也から平常心を奪っているのだ。

日本中の気象予報士たちの予報どおり、北西の風晴れ時々曇《くも》りの一日を終え、事務所を出た敦也は、路上で思いがけない人物に「よう」と声をかけられた。

「先日はどーも」

暗がりからぬっと現れ、片手をポケットに突っ込んだまま近寄ってきた男。

鴻上《こうがみ》だった。

「こちらこそ……どうも」

どうもという曖昧《あいまい》な日本語の存在に感謝しつつ、とりあえず会釈《えしゃく》した。

「だいぶ涼《すず》しくなりましたねえ」

「篠原《しのはら》先生なら、まだ打ち合わせ中ですけど」

鴻上は「いや」と首を横に振った。

「環《たまき》じゃない。須賀さん、ちょっとあなたに話がある」

——やっぱり。

偶然ではなく、鴻上は待っていたのだ。敦也の仕事が終わるのを。

「俺になんの用でしょう」

「よかったらそこいらで一杯やりませんか。お時間は取らせませんせん」

鴻上と自分を繋《つな》ぐ人物はふたり。環でないとすると、話というのは間違いなく陽のことだ。

敦也は少し迷い「わかりました」と頷《うなず》いた。

十五分後、鴻上の行きつけだという居酒屋でテーブルを挟んだ。チェーン店でないその店はカウンターの他に小さなテーブルがみっつあるだけの狭《せま》い作りで、首を痛めそうな角度でないと見えない位置に十四インチくらいの古いテレビが掲げられていた。

店の大きさにふさわしくない音量で野球中継を流していた。

クライマックスシリーズ第一戦は七回裏。

「お、よしよし。楽天《らくてん》が勝ってる」

嬉《うれ》しそうな鴻上のひと言に、のっけからムッとした。

須賀家は祖父の代から筋金入りの巨人《きょじん》ファンだ。

「ご用件を伺《うかが》います」

「注文取るみたいだな」

「あまり時間がないので」

ふん、と鴻上は俯《うつむ》き加減に薄く笑った。そしてゆっくりと顔を上げる。

「最近、陽がずいぶんと世話になっているようで」

お待たせしましたと、ビールが届く。

初球は、ど真ん中ストレート。

「別に、世話なんてしていません」

乾杯もせずに鴻上が飲み始めたので、敦也もそれに倣《なら》った。少なくとも友好を深めるつもりはなさそうだ。

「そうですか。いやね、陽が毎日のように昨夜は須賀さんとあんな話をした、こんな話をしたと、楽しそうに報告するもんだから。いつぞやは部屋の掃除までしてくださったとか」

「掃除？　ああ、あの日ですね。あなたが陽に新しいオモチャを買ってきた」

二球目のスライダーを鋭いスイングで打ち返した。鴻上は危うく鼻からビールを噴き出しそうになる。ピッチャー返し、センター前のクリーンヒットというところか。

「あいつから聞いたのか」

「いいえ」

クローゼットに閉じ込められていた件についてかいつまんで説明すると、鴻上は半ば呆然《ぼうぜん》としながら「あんのバカがっ」と眉間《みけん》を指で押さえた。

「あの日ってことは、陽が駐車場であなたの車と事故った日ってことか」

「ええ。擦《こす》られた当日の夜に擦った当人がやってきて、ワインボトルが割れちゃったから片づけにきて欲しいと。正直かなり驚きました。その後の顚末《てんまつ》にはもっと驚きましたけど」

「でも片づけてやったんだ。断らずに」

「断りましたよ。でもしつこく頼まれて仕方なく」

「陽に……興味があった？」

徐々に核心に近づいてくる。敵は真っ向勝負以外の戦法も心得ているらしい。

「ええ、まあ」

「どんな興味だ」

「興味は興味です」

「答えになってないな」

「答える必要性を感じていませんので」

「………」

沈黙のテーブルに、ゴクリゴクリとビールを飲む音だけが落ちる。

さあ次は何だ。シュートかフォークかスプリットか。なんでも打ち返してやるぞと心の中で身構える敦也に鴻上が放ったのは、やっぱりど真ん中のストレートだった。

「寝たのか、あいつと」

今度は敦也がビールを噴き出しそうになる番だった。

「陽を抱いたのか」

はぐらかしてこの場を凌《しの》ぐことは難しくない。仕事柄《がら》、嘘《うそ》を顔に出さない訓練はできている。しかしなぜだろう、逃げたくないと思った。

正々堂々と――なんて、まるで選手宣誓《せんせい》のような台詞《せりふ》が頭を過《よぎ》る。

「寝ました。何度も」

言い終わらないうちに、鴻上がドンと乱暴にジョッキを置いた。黄色い液体の中に隠れていた炭酸の粒《つぶ》たちが、一気にシュワッと上昇する。中身が少なくてよかった。

「須賀さん、あんたノンケだろ。なんで陽にちょっかい出す」

「ちょっかいとは心外ですね。それに俺はノンケじゃない」

ノンケだと思い込んでいただけで。

「男はあいつが初めてなんだろ」

「…………」

「みんなそう言うのさ。陽で初めて男を知った。けど結局は女に戻っていく。男にクラッときたのは一瞬の気の迷いだった、とかなんとか言ってな」

「よくご存じなんですね、陽のこと」

「悪いがなんでも知ってる――あ、おねえさん、生おかわり」

近くを通った店員に声をかけ、鴻上は「失礼する」と胸ポケットから煙草《たばこ》を取り出した。やめてくれと言ってもどうせ吸うのだろうが、一応どうぞと頷いてみせた。

百円ライターの火に煙草の先が近づいていく。鴻上がひと口吸い込むと、先端《せんたん》の赤が一瞬だけ鮮やかになる。

陽は今までこんなふうに、一瞬の鮮やかさばかりを追い求めてきたんだろうか。いずれ虚《むな》しくすべてが灰になってしまうと知っていて。

「あいつを」

長く白い煙《けむり》を吐《は》き出し、鴻上は敦也を見据《みす》えた。

「傷つけたりしたら許さない。殺す」

穏やかでない言葉は、敦也の胸の真ん中に刺さった。

殺されることが怖いのではない。陽をそこまで思う鴻上の気持ちに怯《ひる》みそうになった。

あなたにそんなことを言われる筋合《すじあ》いはない。喉元《のどもと》まで出かかった台詞を抑えた。

「鴻上さんは、陽のなんなんですか」

「番組プロデューサーだ。しばしばコンピューターを無視する気まぐれな気象予報士の世話が主な仕事だ」

「そういうことじゃなく」

「そっちこそなんなんだ」

「俺は恋人です。つき合ってるんです、俺たち」

「はっ。恋人ねえ」

嘲笑《ちょうしょう》、あるいは苦笑。

鴻上の口元に浮かんだ薄い笑いが、自分でも驚くほどカンに障《さわ》った。

「陽も了解しています、俺とつき合うこと。もう俺以外の誰かと関係を持つことはしないと約束しましたから」

「ふうん」

「あなたに——鴻上さんに、オナニーの見学をさせないとも、約束しました」

鴻上の口元から笑いが消えた。

ライン上を、打球は思ったより伸びている。ホームランか、それともファールか。

「あんた、陽に車擦られたんだよな」

「ええ。鴻上さんの車で」

「本当にそれが出会いなのか」

「どういう意味です」

「偶然なのかと聞いているんだ」

おかしなことを言う。車を擦られたのは敦也の方だ。陽が敦也を知っていてぶつけてきたのでもない限り、偶然以外のなんだというのか。

「まさか俺たちが、以前から知り合いだったと言いたいんですか」

「そうは言っていない」

「じゃあなんなんです」

鴻上は敦也の反応を窺《うかが》うように、ゆっくりと煙を吐き出す。自覚のない病巣《びょうそう》を難しい顔の医者に探られているような、ひどく嫌な気分だった。

「あんた、あの展望台にはよく行くのか」

「行っちゃいけませんか」

あまりに子供じみた応答に、さすがに鴻上は失笑した。

「そんなツンツンするなよ。聞いたんだ、環から」

「篠原先生から？」

「親父《おやじ》さん、十五年前の事故で亡くなったそうだな」

ふっと鴻上の瞳《ひとみ》が優しくなった気がした。

環がいつ——と首を傾《かし》げ、先日のイタリアンレストランだと思い至った。自分と陽が席を立った後、そんな話になったのだろう。

それにしてもこの男は一体敵なのか味方なのか。

わざわざ待《ま》ち伏《ぶ》せまでして、自分から何を聞き出そうとしているのか。

「この街で志乃夫岳《しのぶだけ》が一番よく見えるのはあの展望台で……だから仕事の合間に時間ができると、あそこに上って山を見るんです」

「そっか」

敦也について鴻上は、すでに環からいろいろと聞き及んでいるに違いない。

「で、陽のこと、本気なのか」

鴻上がいきなり話を引き戻した。どこまでも強引な男だ。

「申し訳ありませんが本気です」

「面倒だぞ、あいつは」

「わかってます」

「あんた、どこまで知っている」

「どこまで？」

セックス依存のことだろうか。いや違う。そうじゃない。

鴻上は陽のことならなんでも知っていると言っていた。おそらくは聞かれているのは、陽がセックス依存だという事実ではなく、そういう状態に陥った〝原因〟についてだ。

突然の大きな音が嫌いだったり、零《こほ》れたワインがそこにあると気になって眠れなかったり。陽の不可思議な言動と何か関係があるのか。ないのか。敦也には想像もつかなかった。

お前も知っているのか、陽がどうしてそうなってしまったのか。

そう尋ねられている気がした。

「どこまでというのは」

「いや……いい。もういい」

敦也の戸惑いを見透《みす》かしたように、鴻上は自らの質問を撤回《てっかい》した。

「お前があいつを傷つけなければそれでいい」

「鴻上さんは、陽が好きなんじゃないんですか」

「好きだ」

一瞬、喉元に重くて苦い何かがぐっとつめ込まれた。

「俺がゲイなら、今頃どっかの国であいつと結婚でもしているところだが、残念ながら俺はバリバリのストレートでね。洗濯板みてえな胸に欲情しねえんだ」

ボインボインのGカップが好きだというのは、本当らしい。

「そういう意味で、あいつの気持ちを受け止めてやることはできない。ただこの世界で一番、あいつを大事に思っているのは俺だ、という自信はある」

腹の奥がずしりと重くなった。鴻上はやはり何か知っている。

敦也の知らない陽の過去について。だからそれほど自信を持って言えるのだ。

嚙《か》みしめた奥歯が嫌な音をたてて軋《きし》む。

「陽にとってセックスは愛情表現なんかじゃない。それを理解した上で、それでも恋人だと言うならそれもいいだろう。ただし今言ったとおり、あいつを傷つけるような真似《まね》したら俺は黙っちゃいない」

陽に近づくなということか、それとも彼を捨てるなと言いたいのか。おそらくその両方なのだろう。近づいて欲しくなかったけれど、もう寝てしまったのなら仕方ない、陽が傷つくような別れ方をするなよ、と。

むちゃくちゃな話だ。別れが訪れるとすれば、それは間違いなく陽の方から切り出されるだろう。今だってきっと陽は、敦也の束縛《そくばく》を理不尽だと感じている。セックスしたい一心で渋々了承はしたけれど、すでに後悔しているに違いない。

しょせん陽にとって自分は、ちょっと風変わりで面倒なセフレなのだ、

「お話はそれだけですか」

「ああ。それだけだ」

「それじゃ俺はこれで失礼します。陽が待ってるんで」

立ち上がって一礼する敦也を上目遣《うわめづか》いに一瞥《いちべつ》し、鴻上はまたひと口ジョッキを呷《あお》った。

「須賀さん」

「はい」

「あいつの背負っているものは、生半可なもんじゃない。あいつと一緒に堕《お》ちていく覚悟がないなら、悪いが深入りする前に別れた方がいい。でないとあんたも傷つくことになる」

「…………」

「あっと、それから陽に、明日遅れるなと伝えてくれ」

「……わかりました」

敦也が自分と会ったことを伝えろ、ということか。食えない男だ。

陽の待つ部屋へ急ぎながら、敦也の胸には言葉にしがたい不安が渦巻《うずま》いていた。

「堕ちていく……か」

今夜は投げなかったけれど、確かに鴻上はとんでもない球を隠し持っている。

——消える魔球。

多分、そんな感じのだ。

部屋に着いたのは十時過ぎだったが、陽は起きて待っていた。

「須賀さん、中身に細工しただろ」

「してない」

「正直に白状しなよ。ずるいぞ」

部屋に入るなり、陽が噛みついてきた。

「してないって言ってるだろ」

「だって四十三個中オレンジがたったの四個ってことある？　八種類の味があるんだからえーっと、はちごしじゅうだから、五個以上は入ってないとおかしい計算なんだ。なのに四個だよ。たったの四個。絶対に変だ。犯罪の匂《にお》いがする」

「お前、出して数えたのか」

「当然。全部出して数えた。どのくらいの確率で抱いてもらえんのか、気になったから」

「そっちこそ細工しないで、ちゃんと全部元に戻したんだろうな」

「戻したよ。なんなら確かめてみてもいいよ。にしても、サクタ製菓《せいか》の陰謀《いんぼう》かな。イチゴは七個も入ってたのに」

真剣に憤慨《ふんがい》している様子に、敦也は思わず笑ってしまう。

「仕方ないじゃないか。前向きに考えろ。四十三日間で、確実に四回はやれるってことだ」

「四回しか、だよ！」

「ほら、ぐだぐだ文句言ってる暇《ひま》ないぞ。明日も早いんだろ」

「何言ってんだよ、須賀さんが遅かったんじゃないか」

「悪い悪い。帰りがけに急な仕事が」

鴻上と会っていたことは言いたくなかった。

「じゃあ振るよ。いい？」

「ああ。ちゃんと目ぇ瞑《つぶ》れよ」

「わかってるって」

陽は料理にコショウでもかけるように、逆さにした缶をガラガラと振った。

「もっと静かに振れよ。欠けるぞ」

「もしオレンジが欠けたら、欠片《かけら》も一個に数えていいよね。あ……三個も出ちゃったみたい。どうしよう」

「乱暴に振るからだ。目、閉じたまま二個戻せ。ズルすんなよ」

「しないってば、うるさいなあ」

陽は素直に余分に出たドロップを二個、缶に戻す。そして目を開け、手のひらに載《の》った小さな粒に視線を落とした。

「あ……」

確率からいって予想はついていたのだろうが、その瞬間陽は文字通り地団駄《じだんだ》を踏んだ。

「ちぇ、くそっ」

「残念だったな。黄色はレモンだっけ、パイナップルだっけ」

「どっちだっていいよ」

完全にふて腐《くさ》れた様子でドスドスと足音をたて、陽はベッドルームに消えた。

「おい、風呂入らないのか」

「入んない！」

「拗《す》ねるなよ」

「拗ねてなんかいない！」

子供みたいな言いぐさに、敦也は苦笑する。

「俺は帰った方がいいのか。それとも一緒に寝るか？」

「一緒に寝たらしたくなっちゃうだろ。そんな立派なナニが隣にあるのに挿《い》れてもらえないなんて、この世の地獄《じごく》だ」

そんなこともわからないのかと、陽は布団《ふとん》を頭から被《かぶ》った。

「じゃ、帰るぞ」

「さよーなら。どうぞお元気で」

「本当に帰るぞ、いいんだな」

「しつこいな。おれが襲う前に早く帰って」

「はいはい。じゃあまた明日な」

布団の端《はし》からはみ出しているヒヨコのような柔らかい髪を、指先でそっと撫《な》でた。

「おやすみ、陽」

「……なさい」

もごもごと籠《こ》もった返事を聞き、敦也は寝室を後にした。

――なあ陽。お前の背負っているものって、なんなんだ。

できることなら一緒に背負わせて欲しい。それでお前を楽にしてやれるのなら。

玄関の鍵《かぎ》をかけながら、敦也は呟《つぶや》きを胸に押し込めた。


言いつけどおり毎夜おとなしく缶を振るような陽でないことはわかっていた。けれど約束を交わして一週間も経たないうちに、姑息《こそく》な細工をしてきたのはさすがに想定外だった。いろいろな意味で陽は、敦也の想像を軽々と超えていく。

敵も然《さ》る者、と零れそうになる笑いを噛み殺し、敦也は陽を睨みつけた。

「にしても、中身を全部オレンジにするか、普通」

豪快な手段に出たものだ。敦也が気づかない程度に、みっつよっつオレンジを足《た》しておくとか、もう少し賢《かしこ》いやり方があったろうに。

テーブルに敷《し》かれたティッシュペーパーの上には、敦也の手によって暴かれ缶から出された四十数個のオレンジのドロップ。その横には、証拠品として押収《おうしゅう》した新しいドロップの空き缶九個と、オレンジ以外のドロップが集められたビニール袋が置かれている。それらを横目で一瞥し、敦也はただただ呆《あき》れた。

「よくもまあ、九缶も買い集めたな」

「初期投資だよ。目的を効率的に成就《じょうじゅ》するには金がかかるんだ」

「発想が幼稚園児だ」

「子供のイタズラだと思って見逃してよ」

「不正は不正。ルール違反だ」

ソファーの上に丸まった陽は「だってさあ」と頬《ほお》を膨らませて唇《くちびる》を尖《とが》らせた。

「切羽つまってんだよ、こっちは。空に浮かんだ雲が、須賀さんのナニに見えちゃうくらい。オンエア中に変なこと口走ったら、どう責任取ってくれるんだよ。ね、せめてオナニーはいいことにしようよ。ルール改正」

「ダメだ」

「そこをなんとか」

「ダメなものはダメだ」

「ケチ。ドケチの石頭」

「けっこうけだらけ」

「須賀さんって、ほんとに性格悪い。大嫌いだ」

陽が本気で言っていないことわかっていた。一方で「切羽つまっている」というのが嘘でないことも敦也は察している。軽口を叩《たた》くことで場を茶化し、深刻な雰囲気になるのを回避しているのだろうことも。

ふと弱気になる。最初からこんな調子で、一体いつまで続けられるのだろう。いつか本当に「別れよう」と切り出される日が来るのではないか。

胸に渦巻くものをひとまず封《ふう》じ込め、敦也はつとめて明るく告げた。

「とにかく今後ドロップの缶は、俺が管理する。持って帰るからな」

「どうぞご勝手に」

「それと、今度からズルしたら、一回につき一個、オレンジを減らすからな」

「なんでだよ！　おれはそんな約束してない」

「ズルをしなければいいだけのことだ」

言い含めながら、缶の中身を入れ直す。

オレンジは四個だけ。買った時と同じ状態に戻した。

「なんでそうやって須賀さんひとりがルール決めんだよ。おれの意思はどうなるんだよ。ふたりのことなんだから、ふたりで話し合ってルール決めるのが普通だろ」

憤懣《ふんまん》やるかたないといった陽を置いたまま、敦也は寝室に向かい、クローゼットから例のカオスな段ボール箱を取り出した。

「これも没収だ」

「えー、なんでだよ。買ったばっかりなのに。まだ三回しか使ってないのに」

敦也が取り出したのはあの夜、鴻上が買ってきたオモチャだ。陽は妖《あや》しいコードのついたイボイボを愛《いと》しそうに見つめた。

「あの後、二回も使ったのか。誰にしてもらった」

「ひとりでだよ」

「ひとりじゃできないと言ってなかったか」

「無理すればできるんだ。あの日だって結局ひとりでしただろ」

「鴻上さんに見守ってもらってな」

くだらない嫉妬《しっと》だとわかっていても、ムカムカとするのを抑えられなかった。

「見守って？　ないない。鴻上さん、壁《かべ》の方向いて煙草吸ってたもん。須賀さんの方が、距離が近かった」

「おれは見てない」

「でも聞いてたよね。おれの声だけでがちがちに勃起《ぼっき》――」

「よこせ！」

敦也はイボイボを取り上げようとしたが、陽は「嫌だ」とそれを抱き締めた。

「横暴だ。職権乱用だ」

「いいからよこせ」

敦也は陽の手から、無理矢理イボイボをもぎ取る。

「あ、ちょっと！」

「他にもあるなら出せ」

「あっても教えない。絶対！」

陽は完全に拗ねたらしく、ベッドの上に突っ伏してしまった。

やれやれと肩《かた》を竦《すく》めた敦也の視線が、段ボールの中のくすんだグリーンを捉《とら》えた。

——なんでこんなものを。

非常時に持ち出す箱なのだと言っていた。不用心ではあるが、通帳が入れられているのは当然だろう。百歩譲って、イボイボの類《たぐい》は仕方がないとして、なぜ古びたドロップの缶を持ち出さなくてはならないのか。今発売されているものとは微妙にデザインが異なるそれは、あちこち錆《さ》びて傷ついていて年代を感じさせる。

ふと、手に取ってみる。

ガラン、と中で何かが転がる乾いた音がした。

「それに触るな」

俯《うつぶ》せのまま陽が顔だけ上げた。

「中身は空なんじゃなかったのか」

「返して」

「何が入ってるんだ」

「返せってば」

質問には答えず、陽は右手を伸ばして敦也から缶を奪還した。

俯せから仰向《あおむ》けに体勢を変え、陽はその薄っぺらい胸の上に緑の缶を載せた。

「一個だけ、残ってるんだ」

陽の呼吸に合わせ、缶がゆっくりと上下する。

「ドロップが？」

見え透いた嘘をつく陽を、敦也は黙って見つめた。何年も前のドロップが、たとえ残っていたとしてもあんな乾いた音をたてるわけがない。湿気《しっけ》で表面が溶け、缶の内側にへばりついているはずだ。

何が入っているのか。敦也には知られたくないものなのだろうか。

陽と出会ってから、敦也はすっかり疑り深くなってしまった。

「陽、目を瞑れ」

「キスでもしてくれんの？」

「缶、振らなくていいのか」

「振る！」

陽はやおら起き上がり、ベッドサイドテーブルに置かれた、オレンジが四つ入った方の缶を手にした。

「ズルするなよ」

「しないよ。てか、できない」

目を瞑った陽の、長い睫毛《まつげ》が震える。無意識なのだろう、唇を舐《な》める舌の赤さに、敦也はついオレンジが転がり出ることを祈ってしまう。

なんの拘束力《こうそくりょく》もない約束だ。反故《ほご》にしようとすればいつでもできる。守っているふりをして、こっそり自慰《じい》をすることだってできるはずだ。敦也の目の届かない場所で、敦也の知らない誰かと抱き合うことも。けど陽はそうしない。していないという不思議な確信があった。約束を守ろうとしているからこそ、オレンジのドロップを足したのだ。

溢《あふ》れそうになる期待を封じ込め、苦しげに切なげに、真剣にドロップの缶を振る。子供と大人《おとな》を行き来するように、どこか危うい表情で。

身体を繋げなくても、敦也は陽の思いを感じることができた。迷いながらも敦也を信じ、依存から抜け出そうともがいている陽の強い思いを。

「あーくそ、今日はメロンだ」

「残念だったな」

「やっぱ嘘じゃないか。抱けない日は俺も辛《つら》いとか言ってたくせに。余裕ぶっこいてる」

「嘘じゃない」

「どうだか」

拗ねて横を向いた陽の頬を指で突《つつ》いた。

「なんだよ……あっ」

小さく振り返った陽の唇を奪った。優しく、軽く、小鳥の啄《ついば》みのように。

驚いた陽が身を竦めているうちに敦也は素早く立ち上がり、その頭をくしゃりと撫でた。

「キスはルール違反じゃないの」

「今くらいのはいいいんだ」

「わけわかんない」

「じゃあな」

「もう帰るの？」

「でっかいアレが横にあると眠れないんだろ」

「それはまあ……そうなんだけど」

陽は俯き、少し難しい顔をして、それからゆっくり顔を上げた。

「たまには泊まってかない？」

一瞬、返事に困った。

「泊まるのはかまわないけど、セックスはしないぞ。メロンだったんだから」

「わかってるよ。一緒に寝たらしたくなっちゃうから、そこに客用布団敷く。しばらく干してないからちょっと湿《しめ》ってるかもしれないけど、いい？」

いいよ、と敦也は笑った。陽もつられたようにへへっと笑った。

「布団出してくる」

「手伝うよ」

「いい。須賀さんは座ってて」

そう言って陽はそそくさと立ち去った。後ろ姿の耳が赤くて、柄にもなく照れているのだとわかった。セックスの時は照れないくせに、泊まれと誘う時は照れるのだ。

身体《からだ》を繋げることだけがすべてじゃない。たとえばこうして、ただ見つめ合う時間だって、ふたりの大切な時間だ。

陽が、身体と心の両方でそれを理解する日も、そう遠くない気がする。

一日一日を、大切に重ねていけばいい。ただそれだけでいい。

霧《きり》が晴れるように、さっきまでの弱気が消えていくのを感じていた。

毎日毎日、振り子のように職場と家を往復するだけ。疑問を抱く暇さえないまま、そんな生活を余儀なくされている人間（主にサラリーマン）は、日本にごまんといる。敦也も例外ではない。仕事柄職場から外に出ることは多いが、変化に富んだ暮らしとは言いがたい。

ただ、忙しい忙しいと愚痴《ぐち》を零してはいても、それなりの充実感はある。陽の場合、何が問題なのかといえば、それはひとえに帰宅後の過ごし方だ。局から戻るなり部屋に籠もりきり、ぼーっと敦也の帰宅を待っているだけ。正確には敦也の前でドロップの缶を振る瞬間を待っているだけだ。今のところオレンジは出ていない。陽はその時が来るのをひたすら待つだけの生活を送っている。

「なんで」

日曜の朝、散歩に行こうと誘う敦也に、陽は食パンをかじったまま目を眇《すが》めた。

「たまには外に出るのもいいだろ。今日は天気もいいし」

「ひとりで行ってきて。おれはいい。インドア派だから」

インドア派が悪いわけではない。映画を観たり読書をしたり、そういった趣味がひとつでもあればいいのだが、陽はただソファーに丸まって敦也の帰りを待つことしかしない。たまの休日でさえ同じだった。

何もしないでいることが、休息になることもある。けれど陽の場合、何もしない時間はそのまま、セックスをしたい気持ちとの闘《たたか》いになる。無理にでも他のことに関心を向けた方がいいのではないかと、素人《しろうと》なりに敦也は考えた。

というと陽のために無理をしているようだが、本当はそればかりではない。たまにはデートめいたことをしたい。それも本音だ。寝ぼけ眼《まなこ》の陽にトーストとコーヒーを与えながら、さりげなく散歩に誘ってみたのだが、案の定浮かない顔だ。

「まだ降ってないけど、午後から雨だよ。大気が不安定だから」

専門家は鹿爪《しかつめ》らしい顔で言うと、ミルクたっぷりのコーヒーを飲み干した。

「降り出す前に帰ってくればいい」

「寒いし」

「上着、帽子、マフラー、手袋。持っていないものがあったら言え。貸してやる」

「春夏秋冬、雨の日も風の日も、朝っぱらから中継で外に出てるんだよおれは。休みの日ぐらい家にいたい」

「今日は仕事じゃないから、天気予報はしなくていいぞ」

陽はコーヒーカップをどんとテーブルに置き、口を尖らせた。

「なんだよ。急に外、外って」

「急にじゃない。前から誘おうと思ってたんだ」

「散歩だのウォーキングだの、おれは年寄りじゃない。犬でもない」

「じゃあ誘い方を変える。デートしよう」

「デート？」

陽は一瞬口と瞳を大きく開き、やがて呆れたようにため息をついた。

「散歩が嫌なら、遊園地なんてどうだ」

「おれはメリーゴーランドに跨《また》がって、須賀さーん、こっちこっちって、手とか振るわけだ」

「動物園とか水族館でもいい」

「猿山《さるやま》をバックに記念写真？　遠足じゃあるまいし」

じゃあどこならいいんだ。敦也は軽く頭痛を覚えた。

そういえば今まで、デートの場所で悩んだことはなかったかもしれない。いつだって相手の女の子の行きたい場所に合わせていた。自分から積極的に「この子をぜひここに連れていきたい」なんて思ったことは一度もなかった。

「んじゃいいよ、散歩で」

陽はくるりと敦也に背を向け、小さく肩を竦めた。

「いい大人の男がふたりして、わぁゾウさんおっきいねーとか、ラッコさん可愛《かわい》いねーとかやるくらいなら、公園ぐるぐる歩き回るほうがマシだ」

敦也としては、ゾウさんもラッコさんもやぶさかではないが、今はとにかく陽が「公園ぐるぐる」を承諾したことに重きを置かねばならない。陽の気が変わらないことを願いつつ、敦也は身支度《みじたく》を全力で手伝った。

およそ一時間後。敦也は、少し気の早いダウンジャケットに身を包み、目深《まぶか》にキャスケットを被った陽と連れだち、近所の公園を散歩していた。キャスケットはあの日展望台で被っていた手製の黒いやつだ。口元はマフラーに覆われている。

公園の中央には、柵《さく》に囲われた半径百メートルほどの池があり、まだ午前中だというのに池の周りは、ウォーキングやランニングをする人たちで思いのほか賑《にぎ》わっていた。日曜だからだろう、親子連れも多い。

「みんな早起きなんだね」

「もう十一時だ」

「おれ、いつも日曜は午後まで寝てるから。あ、カモの親子がいる！」

さんざん渋っていたくせに、公園に着くなり陽のテンションは上がった。仕事以外でこんな場所に来るのは久しぶりなのだろう、きょろきょろと辺りを見回したりして落ち着きがないが、それでも楽しそうには違いなかった。

「ね、デートなんだから腕でも組もうよ」

目深に被ったキャスケットとマフラーの隙間《すきま》から、イタズラな瞳が覗《のぞ》いている。この街で陽の顔を知らない者はいない。腕を組もうと言われても、ああそうだなとはいかない。

「人が多すぎるだろ」

外に連れ出したいとは思ったが、陽が困惑するような事態に陥るのは本望《ほんもう》でない。

「大丈夫だって。そのためにこーんな重装備で来たんだから」

「俺と腕組むためにか」

うんそう、と陽は頷く。「うそつけ」と小突くと、陽はくっと無言で笑った。

澄んだ瞳が、秋の日差しに輝いている。

この瞳がずっとずっと曇らないようにと、敦也はつい心配しすぎてしまう。

ふざけて肩をぶつけてくる陽と、腕を絡めてみたいと心から思う。手を繋いで肩を抱いて、人目など気にせずベンチでキスだとか……。

「はるク～ン！　『ハレモニ』いつも見てます！」

正面から歩いてきた若い女性のふたり連れが、陽に手を振った。

「こんにちは」

陽が手を振り返すと、ふたりは手に手を取ってきゃっと喜びの声を上げた。ふたりが近づいてきたので、陽は口元のマフラーをずらす。

「はるクン、お散歩ですか」

「ええ。午後から天気が崩れそうだから、午前中に」

「私たち、ちゃんと傘《かさ》持ってきましたよ。週末は崩れるかもって、はるクンが言ってたから。

『ハレモニ』、明日も楽しみにしてます。頑張ってください」

「ありがとうございます」

軽く会釈をしてすれ違う。この街で、陽は確かに有名人なのだと今さらのように思い知った。戸外でキスなど、夢のまた夢だ。陽もさすがに腕を組むのは諦《あきら》めたらしく「あっちに行こう」と人の少ないエリアを指さした。

「暑っつ。歩いたら汗かいた」

ベンチに腰《こし》を下ろすなり、陽はジャケットをもぞもぞと脱ぎ出した。

「ダウンなんか着てくるからだ」

「だって出るときは寒かったんだ」

ぶつぶつと文句を言い合うことさえ楽しい。陽の髪が静電気でふわふわするのを横目で見ながら、敦也はなんとも言いがたい充足感に包まれていた。

陽は脱いだダウンを敦也の膝《ひざ》に預けると、その上に自らの頭を載せてベンチに寝転がった。

「うん。割と寝心地いい」

「おい」

慌てる敦也に、陽は「大丈夫だって」と笑いながら顔を帽子で隠した。

「こうすれば誰だかわかんないっしょ」

「けど」

「須賀さんも寝たかったら言って。途中で交代するから」

そういう問題ではない。

が、腕も組めないキスもできない自分たちにとっては、悪くない形かもしれない。

「さっきみたいなこと、よくあるのか」

太股《ふともも》の上の黒いキャスケットに話しかけた。

「さっき？」

「通りすがりの人にいきなり、はるク～ン、とか」

「普通にあるよ。イケメン気象予報士の宿命ってやつ」

「だからインドア派なのか」

は？　と陽がキャスケットをずらした。眇めた目が、敦也を見上げている。

「あのさ、おれは嬉しいんだよ。ああして気軽に声かけてもらったり、握手《あくしゅ》求められたりするの」

「そうなのか」

「当たり前だろ。おれみたいな人間でも、人さまのお役にたててるんだって実感できる、数少ない瞬間なんだから。おれがインドア派なのは、単に面倒くさがりの出不精だから」

そう言って陽はまた、キャスケットで顔を覆ってしまった。

無理に公園に連れてきたことを、実は少しだけ後悔し始めていた。この街中に陽の顔が知れ渡っていることはわかっていたはずなのに、外に連れ出したい一心で失念していた。散歩ひとつするにも顔を隠さなくてはならない生活は、敦也には実感できないが、さぞかし窮《きゅう》屈《くつ》だろうと想像することはできる。

「無理に連れ出して悪かったとか言ったら、殴《なぐ》るから」

陽はすべてお見通しらしい。

敦也は黙って、キャスケットからはみ出した柔らかな髪を撫でた。

「気持ちいいね。外」

「そうだな」

散歩コースから外れたこのベンチを、わざわざ振り返る人はいなかった。ようやく人心地ついた気分で、敦也はぐるりと辺りを見渡した。何かのキャンペーンなのだろう、池のほとりではミニスカートの女性たちがロゴ入りのハートの形をしたアルミ風船を配っている。赤、青、緑にオレンジ。色とりどりの風船は、まるでサクタのドロップスのようだ。

ひとりの女の子が、風船の紐《ひも》を摑《つか》み損ねた。ヘリウムで満たされた赤いそれは、あっという間に上昇したが、木の枝に引っかかって止まった。半べその女の子に、ミニスカートの女性は別の風船を手渡す。女の子はすぐに笑顔になり、母親に促されて彼女に礼を告げた。

枝に引っかかった赤いハートが揺れている。

日曜の公園らしい、微笑《ほほえ》ましい光景をしかし、膝の上の男はまったく見ていない。

「髪なんか触られたら、眠くなっちゃう」

キャスケットの下で、ふああと陽が欠伸《あくび》をする。

「本当に寝るなよ」

「寝不足なんだ。セックスしないと熟睡できない身体だからさ」

冗談とも本気ともつかないことを言う。

「こんなとこで眠ったら、風邪《かぜ》ひくぞ」

「また須賀さんに看病してもらうからいい」

「バカ言ってんじゃない」

「恋人なんだから、それくらいしてくれてもいいじゃん」

「そうじゃない。お前が風邪ひいたら、心配で仕事に行けなくなる」

少しの間の後、キャスケットの下から「バッカじゃないの」と吐き捨てるような呟きが聞こえた。首筋がほんのり赤くなっているのが見えて、照れているのだとわかった。

「陽」

「……ん」

「俺は、正義感で言ってるんじゃないんだ。いろいろと」

この間の誤解を解きたいと思っていた。

正義感で陥落などしないと、陽に言われたことがずっと心の片隅に引っかかっていた。

「俺はこういう杓子定規《しゃくしじょうぎ》な性格だから、ものごとをバカ正直に、筋道たてて考えないと気が済まない。他人から見たらさぞかし滑稽《こっけい》だろう。融通《ゆうずう》が利かない、おもしろみがない、クソ真面目《まじめ》だ。そう思われていることもわかっている。だけど陽、お前との、その……関係については決してそういう——アッ、痛っ」

言い終わる前に、陽が敦也の腹筋をぎゅっと抓《つね》った。

「何すんだ」

わりと本気で痛かった。敦也は腹だち紛れに陽の顔からキャスケットを奪い取った。

「バカだな、須賀さん」

ひとの腹筋を抓っておいて、自分は腹筋を震わせて笑っている。

「そんなつまんないこと気にしてたんだ」

「つまんないことって、あのなあ陽、俺は本気で」

「わかってるよ」

陽はゆっくりと身体を起こし、敦也の手からキャスケットを奪うと、さっきまでのようにまた深く被り直した。そして「わかってるから」と同じ台詞を繰り返した。

「何をわかってるんだ」

「いろいろ」

「俺は」

「ありがと」

ベンチの背もたれに両腕を預け、陽はポキポキッと首の骨を鳴らした。

「須賀さんには本当に感謝してる」

「感謝って……」

「ショーイのことだって、あいつあんなふうだから、正直引き受けてもらえないんじゃないかと思ってた。けど須賀さんは信じてくれて……おれ、本当に嬉しかったんだ」

そんな言葉が欲しかったわけじゃない。ふたりでこうして過ごせる時間を、幸せだと感じて欲しかっただけなのに。陽の口からはまた、敦也の思いを打ち砕く言葉が零れ落ちる。

「おれみたいな男にこんなに親切にしてくれて、ありがたいと思ってるよ」

「陽」

思わずきつい声が出た。敦也は陽の帽子をふたたびはぎ取る。

「眩《まぶ》しい」

「おれみたい、なんて二度と言うな。そんなふうに自分を卑下《ひげ》するな」

睨《にら》むように告げると、陽は面倒くさそうに欠伸をした。

「やっぱ須賀さんは須賀さんだ」

「どういう意味だ」

「別に。気にしないでいいよ。そういう須賀さん、嫌いじゃない」

嫌いじゃないは、好きとイコールではない。一歩進んで二歩下がる日々。陽との距離がゼロになる日は、果たしてやってくるのだろうか。

のろのろと流れてきた雲に太陽が翳《かげ》る。途端に気温が二、三度下がったように感じた。

陽、お前は今、幸せなのか。

俺はお前を幸せにしてやれているのか。

幾度胸の中で問いかけただろう。そもそも人が人を幸せにしてやるという考え自体、傲慢《ごうまん》なのかもしれない。けれどおそらく陽は、自ら幸せに手を伸ばそうとしない。「おれみたいな」という言葉の裏に隠された、深い悲しみとたくさんの涙を感じる。

すぐそこに、触れられるところにあることはわかっているのに、どうしてやることもできない。焦りばかりが先にたつ。

「こんなふうに公園でデートとか」

突然、陽が低く呟いた。

「ほんとは、してちゃいけない人間なんだ、おれは」

敦也はハッとする。またあの目だ。泣き出しそうな、迷子《まいご》の瞳。

「なんで、そんなふうに思うんだ」

「さあ。なんででしょう」

「はぐらかすなよ」

「須賀さんには関係ないから」

さて、と陽は立ち上がった。やんわりと突き放され、敦也の心は行き場を失う。

「雲が出てきたね。午後から降るって予報、当たりそうだ」

おっしゃ、と気象予報士は得意げにガッツポーズをする。

その瞳はもう、いつもの明るい陽だった。

「帰ろ、須賀さん。帰ってコレ、しないと」

嬉しそうに缶を振る真似をする陽に、敦也の心はじわじわと静かに沈んでいった。

その日も、オレンジは出なかった。


ようやく念願のオレンジ色が転がり出たのは、最初の約束を交わしてからちょうど十日目のことだった。陽は狂喜乱舞し、口の中に放り込んだオレンジのあめ玉をバリバリと音をたてて嚙み砕いた。

そのあからさまな喜びように、敦也は苦笑するしかない。

「せっかくの当たりだぞ。もっとちゃんと味わえよ」

「十分味わった。これ以上味わったら虫歯になる。さ、早くやろう」

浅ましいと言えば身も蓋《ふた》もないのだが、うずうずと一刻の猶予《ゆうよ》もないらしい陽が、可愛くて愛しくてたまらない。

「シャワーを」

「後でいい……んっ」

半月ぶりの陽の身体。

たちのぼる匂いに、敦也の方が目眩《めまい》を起こしそうだ。

「ね、早く」

「待てよ、焦るなって」

「だって、も、んっ……ふっ」

「我慢できないのか」

コクコクと頷いている。敦也の指が優しく髪を梳《す》いただけなのに、陽のそこはすでに芯《しん》を持ち、生地《きじ》越しにその存在を主張していた。

労《いたわ》るように抱き締め、正しい手順を踏むようにゆっくりそっと唇を重ねた。

「……んっ」

淡いキスなどもどかしいだけだと言いたげに、陽の舌が敦也のそれに絡《から》まってくる。

——くそっ。

久しぶりだから飛ばしすぎないように。

そんな自制心も、湿度《しつど》の高いキスで一気に吹き飛んでしまう。

「須賀さっ……ね、早く、ここ触って」

「だからもうちょっとゆっくり……っておい、あっ」

「ダメ、もう限界」

陽は敦也の手首を摑み、自分の下半身へと導いた。

「ここ……して、擦って、ぎゅっと」

触れた敦也がハッとするほど、そこは切羽つまっていた。

陽の呼吸が半べそに乱れる。

「須賀、さんっ……あっ、ああっ、もっ、」

こんなに性急な高まりは、苦しいだけだろうに。コントロールのできない欲求は、こんな瞬間も陽を苦しめる。

「もっと強く擦って……あぁ、ん、いい」

語尾が掠《かす》れ、視線は恍惚《こうこつ》と宙をさまよう。

敦也は、ゆるい部屋着のウエストをかいくぐり陽の熱に直接触れた。

「……いい？」

「いい……先っぽも、クリクリってして……あ、あっ」

濡《ぬ》れそぼった先端の割れ目を、指の腹でなぞった。

それだけではぁはぁと息をあげ、陽は背中を震わせる。

「もっと、して……ぎゅっと」

「こうか」

すっかり形を成したそれを、根元から扱《しご》き上げた。

「あ、ひぁ、あぁっ」

息もまともにつけないらしい。少し過呼吸気味になった陽は、あ、あ、と短い声を漏《も》らしながら敦也のワイシャツを力一杯握った。

「おい、息をちゃんと吐い――」

「や、も、いっ、あぁぁ――……っ」

白い粘液《ねんえき》が敦也の手を汚し、床にはたはたと落ちる。

服を脱がせる暇もなかった。キスからほんの数分で、陽は呆気《あっけ》なく射精した。

「ご、めん、おれ」

「いいさ。可愛かった」

「……バカ」

整わない呼吸で陽は笑い、敦也の首に腕を回した。

陽の匂い、肌の滑らかさ、声。切ないほどの愛おしさが込み上げてくる。

思わずそのまま細い身体をベッドに倒し、シャツの裾《すそ》をたくし上げた。

と、その時。敦也の目に信じられないものが飛び込んできた。

「おい」

「……ん？」

「これは何だ」

白い肌に、まるで花が咲いたように三つ四つと残るアザ。

昔のものじゃない、それは間違いなくここ数日で誰かがつけた、キスの痕《あと》だった。

「ああ、これね」

悪びれない顔で、陽は自分の胸や腹に視線を落とした。

「一昨日《おととい》ショーイがさ、ちょっと悪ふざけしてつけたんだ。やめろって言ったのに」

ショーイ。よりによって。

「悪ふざけで、あいつの前で裸《はだか》になったのか」

「脱いでないよ。Tシャツ捲《まく》られて、ちょっとチュッて」

「……っ」

カッと頭に血が上った。敦也がどれほど陽を思っているのか。大事にしているのか。

陽は結局わかっていなかったのだ。何ひとつ。

「約束したよな。俺以外の誰ともしないって」

「してないよ。約束はちゃんと守ってる」

「ならどうして」

キスマークがあるのだ。胸の奥にぎりぎりと鈍い痛みを感じる。

「挿《い》れなくても、そういうことしたら約束違反だろ」

「そういうことって？」

「誰かの前で裸になったり」

「だから裸になんかなってないって言ってるだろ！」

敦也の身体を押しのけ、陽は「もういい」とベッドルームを出ていった。

「待てよ」

「信じ合えなくなったら終わりだよ、須賀さん」

「どこに行くんだ」

「出かけてくる」

「だからどこに」

「いいだろ、どこでも」

「待て。まだ話が終わっていない」

「恋人ごっこはもう終わりだって言ってるんだよ！」

「ごっこじゃ……ない」

唸《うな》るような低い声が出た。敦也の両手の拳《こぶし》に力が入るのを、陽は見て見ぬふりをする。

「おれは嘘なんかついていない。それ以上何をどう説明すればいいのかわかんない。おれは須賀さんと違って超アタマワルイから。中卒だし」

押し黙った一秒の間に、陽が噛みついた。

「ほらほら、今、えっこいつ中卒だったのか、って思っただろ」

「そんなこと……」

思っていない。言い淀《よど》んだのは、確かに少し驚いたからだ。気象予報士の資格取得に学歴は問われないことは知識としては持っていたが、簡単に取れる資格ではないはずだ。テレビ番組で気象予報をする陽を、敦也は勝手に大卒だと思い込んでいた。

「おれね、黙ってると賢そうだって昔からよく言われるんだけど、ホントはすげーバカ」

「自分のことをそんなふうに言うな」

「須賀さんって、自分じゃバレてないつもりだろうけど、わりと顔に出るんだよね、思ってることが」

いつもと同じ軽い口調なのに、温度の低い怒りと悲しみが痛いほど伝わってきた。波だつ心の水面《みなも》から、掛井《かけい》陽という人間の深くて暗い奥底が見え隠れする。

「どこへ行くんだ」

「………」

「ショーイだろ。じゃなきゃ鴻上さんか」

思わず肩に伸ばした手を、陽は乱暴に払い落とす。その表情は、甘ったるい声で敦也を求めていた数分前とは、まるで別人のように乾いていた。

「ショーイだったら何？　鴻上さんだったら何？」

「行くな。行かせない」

「おれがどこで誰に会おうが、須賀さんには関係ない」

「関係ない関係ないって、それ、お前いつも本気で言ってるのか」

「もうたくさんなんだよ！」

陽が怒鳴《どな》った。

「勝手な約束で人を縛《しば》っておいて、挙げ句勝手に嫉妬して。悪いけどもうつき合いきれない。うんざりだ。どいて」

編《あ》み上げブーツの紐を結ぶ陽の、痩《や》せた背中を見下ろした。

「行くな」

行かないでくれ。頼む。

少しでも気を緩めたら、そう口を突いてしまいそうだった。

「陽、部屋に戻れ。話し合おう」

紐を結ぶ指が一瞬止まった。

しかし陽はそのまま黙って立ち上がり、背を向けたまま玄関扉《とびら》を開いた。

「陽、待て」

「…………」

「おい、陽！」

ドアが閉まる音が、こんなに冷たいと思ったことはなかった。

敦也はソファーの背もたれにぐったりと寄りかかり、頭を抱えた。そして陽の言うことを信じてやれなかった自分を責めた。

陽には重い過去がある。敦也の知らない、知り得ない過去。

そのせいでセックス依存になった。

呪縛《じゅばく》から解き放ってやるためには、どんなことがあっても陽の傍《そば》を離れてはいけなかった。なのにひとりで行かせてしまった。あれほど「していない」と言っていたのに、浮気をしたのではないかという疑惑に勝てなかった。

陽の言うとおりだ。これは嫉妬だ。ただの醜《みにく》い独占欲。

『あいつの背負っているものは、生半可なもんじゃない。あいつと一緒に堕ちていく覚悟がないなら、悪いが深入りする前に別れた方がいい。でないとあんたも傷つくことになる』

鴻上の言葉が、今さらのように脳裏《のうり》に蘇る。

「なあ、陽……俺じゃダメなのか」

この頃では、自分の部屋にいるよりもここにいる方が落ち着く。陽の気配を感じ、陽の気配の中で暮らす。いつかふたりで朝を迎えることが当たり前になればいい。そんな淡い夢を描いていたのは、自分だけだったのだろうか。

虚しさとも少し違う。不安よりずっと重い。深くて仄暗《ほのぐら》いこの気持ちと、どうやって闘えばいいのか。どんなふうに受け入れればいいのか。

誰に頼まれたわけじゃない。自ら足を踏み入れた茨《いばら》の道だ。ひと足ごとに鋭い痛みに貫かれ、傷ついた皮膚《ひふ》が血を流しても、進み続けない限り陽の心の一番奥に辿《たど》り着くことはできない。陽を苦しめ続けている魔物と、対峙《たいじ》することはできないのだ。

飄々《ひょうひょう》とした仮面の内側で、陽はいつも泣いている。

救ってやりたい。今すぐこの手で。

そうして力いっぱい抱き締めてやりたい。どんな悲しみも感じないほど。

あの日、ワインボトルを片づけて欲しいと呼ばれた。わけもわからず掃除をする間、陽はベランダから夜空を見ていた。幼子《おさなご》のような頼りなげな横顔が、今も脳裏から離れない。

敦也はのろのろと立ち上がり、主のいないベッドルームに入る。陽の精液で汚れた床をティッシュで丁寧に拭《ふ》き取った。不意に無力感に襲われ、ベッドに腰を落とした。丸めたティッシュを床に叩きつけ、そのままそこに蹲《うずくま》った。

一緒にいたいだけなのに。

陽とふたり、ただ幸せに暮らしたいだけなのに、なぜこんなことになる。

——普通ならこんな……。

何気なく浮かんだ思いに、敦也はハッとした。

普通ってなんなんだ。世界中の、一体誰が普通で誰が普通じゃないのか。

陽は普通じゃないのか。自分は普通なのか。

東京《とうきょう》生まれの東京育ちなのに、父親の面影《おもかげ》恋しさに、縁もゆかりもない地方都市で暮らしている自分は普通なのか。見つからないとわかっている遺品を探して、この街に居続ける自分は普通なのか。ある日突然同性である陽に惹かれてしまった自分は普通なのか普通じゃないのか。

バカバカしい。定義など、考える意味もない。余計なもののない部屋、時計ひとつ掛けられていない白い壁が、いかにも陽らしいと思った。同時にたまらなく悲しくなる。

ベッドサイドテーブルに置かれた卓上カレンダーを見つめた。日づけの上にカラフルなマークがつけられていることに気づき、敦也は何気なく手に取った。次の瞬間、息を呑《の》む。

――これは。

ピンク、黄色、グリーン。蛍光《けいこう》ペンの鮮やかな色は、ドロップの色そのものだった。三日前と八日前はボールペンで囲まれている。その日出たドロップは白。薄荷《はっか》だ。オレンジの丸はひとつもない。

陽はその日出たドロップの色で、カレンダーの日づけを囲んでいたのだ。

敦也の気持ちに応えようとしていた。闘っていたのだ。必死で変わろうとしていた。

なのに自分は頭から疑ってかかった。信じてやらなかった。正義感なんかで陥落しないと陽は言っていた。公園のベンチで、そんなつもりはないと言い訳したけれど、もしかすると陽は見抜いていたのかもしれない。揺れ動く敦也の危うさを。

信じていいの？　信じてくれるの？　ねえ須賀さん。

陽の不安げな声が聞こえるようだ。

「陽……」

低く掠れた声が、質素なベッドルームに響く。胸が軋んで、敦也は思わずぎゅっと目を閉じる。そして唐突に気づいてしまった。

――俺は……。

陽が好きだ。愛している。

ごっこなんかじゃない。正義感からでもない。

ただ、陽が好きで好きでたまらないのだ。

苦しみから救ってやりたいのも、他の誰かに触れさせたくないのも、信じたいのに信じられない苛だちも不安も、すべては陽を愛しているから。

どうしようもなく可愛くて、愛おしくて、陽のすべてが欲しくて。

認めてしまえば当たり前すぎて、敦也は自分のバカさ加減に唖然《あぜん》とする。

遠くで救急車の音がする。嫌な胸騒ぎを覚えた。あんなに否定していたのに、信じると言ってやれなかった自分を心の中で激しく罵《ののし》った。

敦也は部屋を飛び出した。エレベーターを待っていられなくて、階段を一気にエントランスまで駆け下りる。マンションの自動ドアが開くまでがもどかしく、肩をぶつけながら外へ飛び出した。

走りながら陽の番号をコールしたが、留守番電話サービスの乾いた声が響くばかりだ。

少し躊躇《ちゅうちょ》して、今度はショーイの番号をコールする。ショーイはすぐに出た。

「須賀です。夜分にすみません」

『いいっすよ。なんか進展あったんっすか』

ショーイがそう思い込んだのも仕方のないことだ。敦也は現時点での状況を簡潔に説明した後、陽から連絡がなかったかとさりげなく尋ねた。

『三日前に会いましたけど、今日はメールも電話も来てません。なんかあったんすか？』

逆に聞かれてしまった。陽はショーイのところになど行っていなかった。

自分勝手な安堵《あんど》と、とてつもない不安が、嵐のように胸に渦《うず》巻《ま》く。

あてもなく近所を歩き回るしかなかった。コンビニ、公園、カフェ。しかし探し求める姿はどこにもない。このまま陽は帰ってこないのではないか。不意にそんな思いが過る。重苦しく痛む場所が胃なのか心臓なのか、わからなくなっていた。

虚しい夜の散歩を終え、とぼとぼとマンションの前に戻った。気づけば陽が出ていってから二時間以上が経っていた。部屋に上がる気力もなく、エントランス前の階段に腰を下ろそうとした時だ。

　暗がりから、コツコツと微かな足音がした。敦也は俯けていた顔を上げる。儚《はかな》げな姿は、幻《まぼろし》かと思った。けれど二本の足がある。

「陽……」

「須賀さん……なんで外に」

「お前を――」

　探しに、と言う前に、腕が陽を抱き寄せていた。

　ちょっと待ってと言うのも聞かず、無理矢理なキスをした。

「ごめん、陽……ごめんな」

「なんで、んっ……須賀さんが謝るの、悪いのはおれ――」

「お前は悪くない。悪いのは俺だ」

「須賀さん……」

「好きだ。陽、愛してる」

「須賀さっ」

「愛してる」

　バカみたいに同じ台詞を囁《ささや》きながら、唇を奪った。マンションの前だということも忘れた。戸惑うように身を捩《よじ》っていた陽だが、やがて身体を弛緩《しかん》させ、敦也にぎゅっとしがみついてきた。

「おれ、しなかったから」

絞り出すような声に、敦也は唇を少しだけ離した。

「誰ともしなかった。しないで帰ってきた。約束だから、須賀さんとの」

「わかってる。わかってるよ」

「須賀さんに疑われて、すげー悲しくて、もうどうでもいいやって思って……誰でもいいから突っ込んで欲しくて、適当な店で相手探そうと……でもやっぱりダメだと思って、だって須賀さんと約束を」

ごめんなさい。消え入りそうな声で陽は囁いた。

「もういい……もういいから」

「けど」

「寒かっただろ。俺の部屋に行こう」

敦也が肩を抱くと、陽はこくんと素直に頷いた。


今年初めての暖房を入れた。少し温めすぎたホットミルクを手渡すと、陽はカップを両手で大事そうにくるんだ。

「陽」

「……ん？」

「ショーイと別れてくれ」

今しかないと決死の覚悟で告げた気持ちに、陽はきょとんと首を傾げた。

「須賀さん、まさか本気で」

「本気に決まってるだろ！」

拳を握り締める敦也に、陽は「そうじゃなくて」と首を振った。

「本気で誤解してたの？　って聞こうとしたんだよ」

「……誤解？」

思わず頓狂《とんきょう》な声が出た。

「ショーイはノンケだよ。ホストが天職だって言ってるくらいだから」

「じゃあ、痴話喧嘩《ちわげんか》って、あの夜、ワイン投げた、一体」

浮かんだ単語をランダムに羅列《られつ》する敦也に、陽が丸めた背中をククッと震わせた。

痴話喧嘩というのはつまり、ショーイと彼女の喧嘩だったというのだ。よりによって陽の部屋で別れる別れないの喧嘩が始まり、ブチ切れたショーイがワインボトルを投げた。

「つまりお前は、調停役だったってわけか」

「迷惑な話だよ」

「まったくだ」

おかげで敦也は、とんでもない遠回りをする羽目になった。

「ショーイとは、中学の同級生なんだ」

「そうだったのか」

「あいつの父親、アル中でさ、よく殴られてた。怪我《けが》させられたことも一度や二度じゃなかった。お互い嫌なことが多くて……いつの間にか連《つる》んでた」

陽はどこか懐かしそうな、少し寂しそうな目をした。

「おれがひいらぎで仕事することになった時、あいつ、おれを追っかけてこの街に来たんだ。逃げたかったんだよね、父親から。オレはもう学《まなぶ》じゃない、ショーイなんだって、今も時々冗談《じょうだん》めかして言うけど、子供の頃のこと、思い出したくないんだと思う」

夜の街で天職を得て、ショーイは見違えるほど明るくなったという。

「アル中の父親は、三年前に死んだんだけど、その直後に母さんが身体壊しちゃったんだ。そこに持ってきて去年のあの事故だろ。さすがに荒れて」

現在ショーイと彼女の関係は、陽が間に入って鋭意〝調停中〟なのだという。

「普段は冗談でキスマークなんかつけたりしないんだけど、あの夜は泥酔してて『お前の幸せ半分くれー』とか言っちゃってさ。彼女しか目に入らないくせに、ほんとバカなやつ」

陽は不運続きの旧友を庇《かば》った。

知ってしまえば、そんなことかと思う。初めに聞かされていれば、これほど悩むこともなかったろう。

「須賀さんみたいな人、初めてなんだ。セックスしなくても、一緒にいられるだけでいいなんて思えたの、おれ、ほんと初めてで」

「陽……」

たまらずその身体をかき抱いた。陽は「苦しい」と少しだけ笑った。

「初めてマトモになれそうな気がしたんだ」

「マトモ?」

「ほら、おれマトモじゃないとこあるだろ。時々、自分でもどうしたらいいのかわからなくなるんだ、今日みたいに」

お前はマトモだ。そう口にすることは簡単だ。だけど陽はそんな言葉、きっと求めていない。陽が探しているのは、人のぬくもり。どこにでもある、当たり前の愛だ。

「俺はお前がいないと、困る」

「須賀さん……」

「ずっと一緒にいてくれ。ずっと、ずーっと」

敦也のシャツをぎゅっと握り締め、陽は何度も何度も頷いた。

明け方近くまで陽を抱いた。切ない声を上げてよがる陽の身体を、貪《むさぼ》るように味わった。

陽は後ろからされるのを嫌がる。犯されてるみたいだし、それに須賀さんの顔が見えないからという。天使の羽のつけ根みたいな肩甲骨《けんこうこつ》を舐め回してみたい気もするが、陽が嫌がることを無理強いしたくはなかった。

須賀さん、須賀さん、と背中に爪を立てる陽が、これまで以上に愛おしい。ふたりを隔てていた透明な薄皮のようなものが、一枚だけはがれ落ちたような、ほんの僅《わず》かな感触の違いなのだけれど、敦也には確かに感じられた。○・○一ミリ、陽に近づいたと。

男ふたりにはかなり狭いシングルベッド。傍《かたわ》らの陽を腕にくるんだまま、少し猫毛で寝癖《ねぐせ》のつきやすいその髪を、梳いては撫で、梳いては撫でする。

「聞かないんだね」

もそりと身体を捩り、陽が浅く呟いた。

「何を」

「おれが、なんでこんなふうになっちゃったのか」

東の空はまだ薄暗い。

今日一日が晴れなのか雨なのか、腕の中の気象予報士はもう知っているのだろうか。

「泥《どろ》の団子《だんご》でも、食べたい気分になることがあるんだ」

「泥の団子？」

「普通はさ、どんなに腹が減っても、子供が作った道端《みちばた》の泥団子まで、拾って食べたりしない。けどおれは食べたくなる。何が食べられて何が食べられないものなのか、わかんなくなっちゃってるから……食べちゃいけない、ダメだぞって、頭ではわかっているのに、手を伸ばさずにはいられないんだ。で、食べた後はいつも死にたくなる」

「……陽」

「夜が来て、朝が来る。そんな当たり前のことが、おれには当たり前じゃなかった。すっかすかの人生で、生きてる実感なんてなかった。今日と明日の間に、大きな地割れみたいな隙間があってさ……何かで埋めなきゃ夜が明けなかった。だからセックスした。いろんな人と。誰でもよかったんだよ。突っ込んでイカせてくれる人なら」

この上なく重い告白を、陽は明日の天気を語るように、軽やかな口調で話す。

不意に鼻の奥がツンとした。

「須賀さん、おれのそういうところに気づいて、だからルール決めようって言ってくれたんだよね。おれ、なんか、わけわかんないくらい混乱して、だけど超嬉しくて、須賀さんのために、ちゃんとしなくちゃって思った。でも、今夜みたいなことがあるとむちゃくちゃ不安になる。きっとそのうち約束破っちゃう日が来るんじゃないかって……だから怖くて」

「お前は帰ってきた。誰とも何もせず、ちゃんと俺のところに帰ってきたじゃないか」

「……でも」

「俺はお前を信じる。お前が苦しんで苦しんで、今だって精一杯なことはわかっている。でもどんなお前でも、お前はお前だ。俺はお前が好きだ。俺と一緒にいれば大丈夫。泥団子なんか二度と見たくないって思うほど旨《うま》い団子、毎日食わしてやるよ」

息をつめるような沈黙の後、陽が胸に顔を押しつけてきた。

声は上げないが、泣いているのかもしれないと思った。

大丈夫、大丈夫だから。俺がいるから。ここにいるから。

薄い背中に手を当て、敦也は心の中で繰り返す。

「須賀さんの胸……硬い。筋肉が」

照れているのか、くぐもった声で陽は言った。

「お前はもう少し太った方がいいかもな」

柔らかい尻の肉をふにふにすると、陽がクスッと笑った。胸にかかる息がくすぐったい。

「おれ、スポーツ全般苦手だから。須賀さんは？」

「子供のころは野球少年だった。あ、今度キャッチボールしないか」

「無理。球技は特に苦手」

「そう言うな。身体動かすと気持ちいいぞ。プールだったらいいんじゃないか？」

球技じゃないぞと言うと、陽は「無理。絶対」と言下に答えた。

「おれ、一メートルも泳げないもんね」

「自慢げに言うな」

とにかくスポーツは苦手、ということらしい。

「須賀さん、野球少年だったのかあ。チームプレイって、ちょっと意外」

「俺はどんなイメージだったんだ」

「うーん、武道？　剣道とか」

「本当は剣道をやりたかったんだ。けど親父が野球好きで最初は無理矢理。でも気づいたらエースで四番。もうちょっとで甲子園《こうしえん》だった」

「須賀さんらしい。なんでもクソ真面目でKYなくらい手抜きしない感じ」

「お前それ、褒《ほ》めてないだろ」

額を軽く小突くと、陽はチロッと舌を出して敦也を見上げた。

目の縁が少し赤くて、思わずぎゅっと抱き締めた。

「仕方ないよ。クソ真面目は父親譲りだからな」

「そうなんだ」

「弁護士になったのだって、結局親父の後を追っかけてだし」

陽の瞳が、一瞬激しく揺れたように見えた。

「お父さんも、弁護士なの？」

「ああ。もう亡くなったけどな」

「亡くなった……」

「俺が中学の時だから、もう何年も前のこと——おい、どうした？」

不意に黙り込んだ陽の顔を覗き込んだ。

「なんでも……ない」

「お前はどうして気象予報士に？」

「おれは……」

何か思い出したことでもあったのだろうか、陽はしばらくの間あちこちに視線をうろつかせ、ようやく口を開いた。

「おれは、空ばっかり見てる子供だったんだ。ひとりっ子で、おまけに両親が不在がちで、いつも暇もてあまして、空を見てた」

「で、気づいたら気象予報士か」

「まあ途中いろいろあったんだけど」

「いろいろ？」

「そのうち話す。話せる時がきたらね」

重い過去を背負っていることは知っている。

今はまだ話したくないのなら、それでいいと思う。

敦也には自信があった。陽はきっといつか生まれてから今日までのことを、洗いざらい自分に語ってくれるだろう。そしてその時こそ、ふたりを隔てるものは何ひとつなくなる。完全にひとつになれるのだ。

ようやくだ。ようやくそう思えるようになった。

「なんか眠くなった。少し疲れたみたい」

「眠れよ。抱いててやるから」

「うん……須賀さんの匂い、いい匂い」

お前の方がいい匂いだよと、敦也は笑った。

幸せって、多分こんな一瞬の間だ。どうってことない、当たり前の会話と笑顔。

この時間がきっと続く。続いていくんだ。そう信じて疑わなかった。

明け方、敦也は目を覚ました。隣に眠っていたはずの陽がいない。

カーテンとサッシが半分開いていた。

——陽？

少し明るくなってきた東の空を、陽はベランダからじっと見上げている。きっと今日の天気のことでも考えているのだろうと思った。

「おはよ」

生まれたての朝日を背中に浴びながら、ベランダの陽が振り返った。

「おはよう。寒いだろ、そんな格好で」

「寒くない。ね、須賀さん」

「ん？」

「須賀さんって、東京の人だよね」

確か、少し前にそんな話をした。東京生まれの東京育ちだと。

「ああ」

「確か大学も東京だって言ってたよね。どうして、ひいらぎに？」

冷えた朝の空気の中、陽はじっとこちらを見ている。ふと本当のことを、陽にになら話してもいい気がした。十五年前の事故のことも、捨てられない感傷のことも。

「実は」

言いかけた瞬間、陽はふっと笑った。

「やっぱいいや。なんとなく聞いてみたかっただけ」

うーんとひとつ伸びをして陽はベッドに潜り込んできた。「やっぱりちょっと寒い」とまた小さく笑う陽を、敦也はそっと抱き締めた。

いつもと同じ金曜。陽は元気にひいらぎ市の天気を予報した。

「今朝《けさ》の最低気温は、平年より三度ほど低かったんですね。朝方寒さで目が覚めて、布団を出した人も多かったんじゃないでしょうか」

お天気ボードの前で生き生きと解説する姿は、普段と何ひとつ変わったところはなかった。

「明日明後日《あさって》、紅葉狩《もみじが》りに行かれる方も多いと思いますが、日中少し温かくても日が翳るとぐんと気温が下がります。厚手の上着をぜひご用意ください。では週末のお天気です」

しかしそれから数時間後、陽は突然姿を消した。

なんの前触れもなく。行き先も告げず。


陽の行方《ゆくえ》を知らないか。

敦也が鴻上から連絡を受けたのは『ハレモニ』放送終了から四時間後のことだった。午後一番の打ち合わせに出かけようとしていた敦也は、焦燥《しょうそう》と苛だちに満ちた鴻上の声を、信じられない思いで聞いた。陽は放送後に行われる恒例の打ち合わせをすっぽかし、行き先も言わず局からいなくなったという。携帯電話は電源が切られていた。

午後のアポはキャンセルがきかない上、あいにく環は留守だった。気もそぞろにクライアントを回り、ようやく事務所に戻ったのは日もとっぷりと暮れた夕刻のことだった。

「須賀くん、こっち」

奥の応接セットから、環が手招きをした。

彼女の正面では鴻上が腕組みをしたまま、黙って壁を睨みつけている。

「すみません、遅くなりました」

「片づいたの？」

「はい、だいたい」

新山に簡単な事務処理を頼むと、敦也は急いで応接スペースに戻った。

「陽は、まだ？」

環は静かに首を振った。

「自宅にも戻っていないようだし、携帯の電源もずっと切られたままなの。ごめんなさい、私たちのせいだわ」

隣に腰を下ろす敦也を一瞥し、環は深いため息をついた。

なぜ環が謝るのか。訝《いぶか》る敦也の斜め向かいで、鴻上が聞こえよがしに舌打ちした。

「なあにが恋人だ。つき合ってるだ。だから俺は言ったんだ。深入りする前に別れろと」

話の筋が見えてこない。敦也は眉《まゆ》を顰《ひそ》め、元夫妻を交互に見やる。

「須賀くんのせいじゃないでしょ」

「こいつのせいなんだよ！　このクソガキが中途半端《ちゅうとはんぱ》な真似しやがるから、だから陽は……くそっ、こんなことになるんなら、やっぱり無理矢理にでも別れさせておきゃよかったんだ」

「久紀《ひさのり》！」

環はピシリと、年下の元夫を窘《たしな》めた。

「須賀くん、最近はるクンに、あなたのお父さんの話をした？」

「父の話……ですか」

確かに昨夜ベッドで父の話題を出した。無理矢理やらされた野球の話だ。

「しましたけど、それが何か――」

言いかけた敦也の脳裏で、チラリと何かが光った。

「あっ……」

朧《おぼろ》だが、確かにそれは記憶の欠片だった。

遠い日の光景。

整然と並べられたたくさんの白い棺《ひつぎ》。白い花。

人々の怒号、絶叫、煙《けむ》るドライアイス。泣き崩れる母と姉。

その横でなすすべなく立ち尽くす、十五歳の自分。


――陽。

――はるか。

――ハルカ。


その名前は、確かにあの光景の、とても近くにあった。

敦也は必死で記憶の糸を手繰《たぐ》る。

「事故……志乃夫岳の」

敦也の呟きに、環が瞳を見開いた。

「何か思い出したの？」

「もしかして陽は、あの事故の遺族だったんですか」

陽は敦也の三つ年下だから、事故の当時は小学六年生だったはずだ。もしかすると慰霊登山か何かの際に、顔を合わせたり話をしたりしたことがあったのだろうか。必死に思い出そうとするが、その年頃の子供と一緒になった記憶はなかった。

縋《すが》るような敦也の問いに、環は静かに首を振った。

「そう思うのも無理はないわね。須賀くん、事故当時の報道、ほとんど見てないでしょ」

「……はい」

敦也だけでない。母も姉も、事故の当日から数ヶ月間に亘《わた》ってニュースというニュースを避けていた。どの番組も、事故の生々しい映像を伝えているだろう。そう思っただけで、テレビも新聞も見る気がしなかった。見るのが怖かったのだ。

「関係者じゃないんですか」

真実を知るのは怖い。けれどどんなに恐ろしくても、知らなければならない。

「彼は、あの事故の遺族のひとりじゃないんですか」

敦也の真《ま》っ直《す》ぐな視線を、環も真っ直ぐに受け取る。

「遺族、ではないわ」

「それじゃ一体」

「乗っていたのよ、彼」

一瞬、何を言われているのかわからなかった。

「遺族じゃなくて彼自身が被害者だったの。はるクンは、あの事故機に乗っていて奇跡的に助かった、九人の中のひとりだったの」

「そん、な……」

想像もしなかった答えに、敦也は絶句する。

「当時の新聞だ」

鴻上が、茶色く灼《や》けた古い新聞を差し出した。

【九人が生存】

巨大な白抜きの見出しの下に、墜落《ついらく》した旅客機の残骸《ざんがい》と救出活動の写真がでかでかと載っている。事故の翌日のその記事は、敦也にとって初めて目にするものだった。

【生存者の一人、野木坂《のぎさか》陽君（十一歳）は夏休みを利用して、札幌《さっぽろ》の自宅から単身赴任中の父親にひとりで会いにいくため、事故機に乗り合わせていた――】

「野木坂、陽」

事故当時の報道を、敦也はほとんど見ていない。しかし数名の生存者がいて、その中に小学生の男の子がいたという話は、伝え聞いていていた。

「苗字《みょうじ》が違うのは、事故後に両親が離婚したからだ。掛井はあいつの母方の祖母の旧姓だ」

「離婚って……」

「他の生存者がほとんど意識不明だった中、ただひとり陽だけは、奇跡的に意識もはっきりしていた。マスコミはこぞって陽のコメント取りたがって、医師や関係者のふりをしてまで病院に忍び込みやがった。陽が男の子にしては可愛かったこともあって、まるで悲劇のアイドル扱いだった」

敦也が報道から目を背《そむ》けている間に、幼い陽の身にそんなことが起こっていたとは。

「意識があるといっても、全身何か所も骨折して動けない小学生の子供を、みんなでよってたかって追いかけ回しやがって。挙げ句、野木坂くんの両親は離婚寸前だそうですだの、野木坂くんは『お母さんに会いたい』と看護師に語ったそうですだの——ワイドショーは毎日そんなスクープで大騒ぎだった」

昨日のことのように、自分のことのように、鴻上は怒りに声を震わせた。

マスコミから逃れるために、陽は何度となく転院を余儀なくされたという。

「だが結局どこの局も、陽のコメントは取れなかった」

「どうしてですか」

「陽は、事故のショックで一時的な失声症になっていたんだ。退院後、身を隠すために東北の田舎町《いなかまち》にある母方の親戚《しんせき》、おばあさんのお兄さんの家だったかな、そこにしばらく預けられていて……その間にあいつの両親は離婚した。元々仲が悪くて離婚は時間の問題だったみたいだ。その辺りからはもう、マスコミも陽を追い回すのは諦めたようだ」

なんとか高校に進学したものの、フラッシュバックに苛《さいな》まれ、結局は二年生の夏に中退する。それをきっかけに、陽は東京でひとり暮らしを始めた。不安定な精神状態でセックス依存と闘いながら、必死で気象予報士の資格を取得した。

話に聞き入りながら、敦也の胸はぎりぎりと締めつけられる。呼吸も感情も乱れそうになった。何とか堪《こら》えているのは、鴻上や環の前だからだ。

陽の想像を絶する過去とは、敦也から父親を奪ったあの事故だったのだ。

乗っていた航空機が墜落し、奇跡的に助かった。

陽はその時、何を見たのだろう。どんな苦しみと闘ってきたのだろう。

十一歳という、まだ大人の階段に差しかかってもいない幼さで。

突然の大きな音が苦手だと言ったのは、事故の瞬間をフラッシュバックするからだ。ただの恐怖ではない。PTSDだ。音に驚いただけで、普通は真っ青になって吐いたりはしない。

床に零れた赤いワインが直視できず、その日会ったばかりの敦也を部屋に呼んだ。よほどのことがない限り、自分が車をぶつけた相手を呼びにいったりしない。

それほど困っていたのだ。それほど恐ろしかったのだ。まき散らされた、赤い飛沫《しぶき》が。

「本当にごめんなさい。私があの後ちゃんと確認すればよかったの」

四人が初めて顔を合わせたイタリアンレストランで、残された元夫婦は何気なく互いの連れの話をした。その時点で環は、陽の過去を知らなかった。一方の鴻上も、敦也が十五年前の事故の遺族だとはつゆほども思っていなかった。

先に話題にしたのは環だったという。須賀くんはね、お父さんの遺志を継いで弁護士になったのよ、ほら十五年前の事故の――と。知らされた事実に鴻上は驚愕《きょうがく》する。ということは敦也の父と陽は、同じ事故機に乗り合わせていたのかと。

『あいつら、お互いの事情を知ってるんだろうか』

鴻上の疑問に、環は『知らないと思うわ』と答えた。

「環はお前たちに、この偶然を話した方がいいんじゃないかと言った。だが俺は反対した。陽があの事故で負った身体の傷、心の傷、どれも俺たちの想像なんぞ遠く及ばないものだ。今でもあいつは怯《おび》えている。消したくても消せない恐怖の記憶と闘っているんだ」

「でもふたりが親しくなったのなら、いつかはわかってしまうことだわ。現にこうして」

環の冷静な反論にも、鴻上は首を振った。

「今のあいつは掛井陽だ。野木坂陽じゃない。幼いあいつがマスコミからどんな仕打ちを受けたと思ってるんだ」

ただでさえ事故現場になった山のある街だ。苗字が変わっているとはいえ「陽」という名前だけで、もしやと気づく人間がいるかもしれない。番組ホームページにも、陽の名前を『掛井はるか』とひらがなで表記してあるという。

「それでも勘づいている人はいるかもしれない。けど気象予報士のはるクンがあの事故の生存者・野木坂陽だと確実に知っていたのは、この街では、俺と環とショーイだけだった」

そう、敦也は今の今まで知らなかった。陽の過去も、傷も、痛みの理由も。

「だから深く関わるなと言ったんだ」

吐き捨てるような鴻上の声が、敦也の心臓を鷲掴《わしづか》みにする。

爪の先まで冷えていく気がした。

「二年前の春、俺は陽を拾った」

どこか遠い目をして、鴻上はぽつぽつと語り出した。

陽はテレビ東日本《ひがしにほん》のアナウンサーではない。民間の気象会社から派遣されている気象予報士だ。当時『ハレモニ』の看板だったお天気お姉さんができちゃった結婚で突如《とつじょ》退職してしまい、困り果てたプロデューサーの鴻上は、知り合いの経営する東京の気象会社を訪ねた。

そこで、窓の外をぼんやり眺めている美貌《びぼう》の少年を見つける。バイトの大学生かと思ったのだが、聞けば気象予報士の資格を持っているという。テレビマンの直感が「こいつを逃すな」と告げていた。鴻上は迷わず陽をスカウトした。

陽はふたつ返事でＯＫしたが、テレビ東日本がひいらぎ市にあることを伝えると、突然断りを入れてきたという。不思議に思った鴻上が経営者である知り合いに尋ねると、彼は少し迷った後、陽の事情を話してくれた。

「事故現場が見える街で働くなんて、確かに辛かろうと思ってな、一度は諦めかけたんだが、どうしたことかしばらくしてあいつの方から『やっぱり引き受けたい』と連絡があった。まあ、あいつにはあいつなりに考えた挙げ句の決断だったんだろうよ。時々暇を見つけちゃ、あの展望台に行っていたらしいから」

同じだ。自分と同じ理由。敦也は拳を握り締めた。

事故を思い出すことは辛い。忘れたい気持ちもある。しかしそれを凌駕《りょうが》する鎮魂《ちんこん》や祈りに魂を突き動かされ、気づいたら志乃夫岳を臨《のぞ》むこの街に来ていた。

おそらく陽も同じ気持ちだったのだろう。

――何も……何も知らずに俺は。

恋人が聞いて呆れる。鴻上も環も知っていた陽の過去を、自分だけが知らなかったなんて。中途半端だと鴻上は敦也を罵ったが、確かにそうなのだろう。

陽はいなくなってしまった。敦也に何も告げずに。

「はるクンね、実は今朝ここに来たの。須賀くんが出かけてすぐ」

「え？」

敦也はもう出かけたと言うと、陽は『知ってるよ』と明るく答えたという。

そして環に聞きたいことがあると言った。

『たまちゃんさ、須賀さんのお父さんのこと、何か知ってる？』

『須賀くんのお父さん？』

『はるクン、あなた』

『須賀さんのお父さんって、十五年前の墜落事故で亡くなった？』

驚きに目を見開く環に、陽は『やっぱり』と静かに目を伏せた。

『須賀さんのお父さんも、弁護士だったんだよね』

『え、ええ、そうよ』

『野球、好きだった？』

『野球？』

そこまではわからないと言うと、陽は環が止めるのも聞かず『おじゃましました』と事務所を出ていってしまったのだという。それっきり、行方が途絶えた。

敦也は歯噛みした。あの夜ベッドで一瞬だけ見せた、陽の暗い表情が目蓋《まぶた》に蘇る。

「まさかとは思うが、陽がお前の親父さんと実は知り合いでしたとかいうオチか？」

しばらく黙り込んでいた鴻上が、腕組みしたまま呟いた。

「いえ……多分、機内で知り合ったんじゃないでしょうか。席が近かったとかで」

「おそらくそんなところだろうな。陽は機内でお前の親父さんが、野球が好きで息子に野球をやらせていたとか、職業は弁護士だってことを、誰かと話しているのを耳にしたんだろう。

もしかすると直接会話があったのかもしれない。だからお前が親父さんの話をした時あいつは『もしや』と感じた。機内で話したあの人は、お前の父親だったのかもしれないと。ただ、確信までは持てず、今朝ここへ確かめにきた」

鴻上の推測は、多分正しい。

ただ不思議なのは、なぜ敦也に直接確認しなかったのかということだ。

そして何よりわからないのは――。

「わかんねえのは、なんで突然、逃げるみたいにいなくなっちまったかってことだ」

敦也の思いを、鴻上が口にした。

「俺もそれが不思議なんです。事故機で知り合った人が亡くなってしまった。それが俺の父親だったと知ったら、それは確かにショックだったと思います。でもあの事故で亡くなったのは父だけじゃない。救出された九人以外の全員が亡くなったんです」

重苦しい沈黙が落ちる。誰ひとり、陽が消えた理由を思いつかない。

陽がいなくなってしまったという事実だけが、ぽつんとそこに存在していた。

「とにかく手分けして捜そう。あいつの行きそうな場所、店、知り合い、洗いざらい――」

鴻上が言い終わる前に、デスクの方から「あっ」と新山の声がした。

「篠原先生、須賀先生、ちょっと来てください」

いつになく緊迫した新山の声に、敦也は環と顔を見合わせて立ち上がった。

「どうした」

「須賀先生、これ、ちょっと見てください。ビンゴです」

新山は自分のスマートホンを差し出した。

「ビンゴ?」

それは、知らない誰かのツイッターだった。

「もしやと思って『はるクン』で検索かけてみたんです。彼のファンって、若い女の子が多いじゃないですか。だから今夜どこかで彼を見かけた人が、書き込みしているかもしれないと思って。そしたら」

【ひいらぎ駅でなんとなんと、はるクン発見www 超ラッキー。でっかいバッグ持ってる。旅行かなあ】

【コンコースなう。サングラスしてるけど絶対はるクン。ぅわぁん、めっちゃイケメン。一緒にいるの友達かなあ。はるクンと雰囲気違うんですけど。ていうかもろホストwww】

呟かれた時刻は、ほんの十五分ほど前だ。

「篠原先生、俺、行ってきます」

「あ、ちょっと須賀くん、気をつけてね」

ね、が終わらないうちに、敦也は事務所を飛び出していた。

JRひいらぎ駅のコンコースには、家路《いえじ》を急ぐ人たちが溢れていた。金曜だからだろうか、いつもより少しだけ賑やかだ。

ここまでタクシーで十分。呟きの主が陽らしき姿を見かけてから、すでに二十五分が経過している。連れの男はおそらくショーイだ。ここからふたり、どこへ向かうつもりなのか。

焦る気持ちから行き交う人に肩をぶつけてしまい、何度も頭を下げた。

入場券を手にホームに入る。上《のぼ》りなのか下《くだ》りなのか、どのホームなのかもわからないまま、敦也はただ闇雲《やみくも》に走り回った。

二時間以上捜し続け、敦也はコンコースのベンチに座り込んだ。

陽はもう、この駅にはいない。

——陽……。

どこ行っちまったんだ。

『セックスしなくても、一緒にいられるだけでいいなんて思えたの、おれ、ほんと初めてで』

『須賀さんの匂い、いい匂い……』

そう言って敦也の胸に、鼻先をすんと擦りつけた。

陽が嘘をついていたなんて思いたくない。

——でも。

それならどうしていなくなってしまったのか。自分にひと言も告げず。

「……っ」

敦也は奥歯を噛みしめ立ち上がった。こんなところで諦めるわけにはいかない。どんなことをしても陽を捜し出す。

たとえ世界の果てまでも追いかけて、もう一度この腕に抱き締めたい。

世界の果てとまではいかなかったが、そこは東北《とうほく》の片田舎の、結構な〝果て〟だった。十一月に入ったばかりだというのに、今しも雪が舞いそうな気温に、敦也は小さくくしゃみをした。

陽とショーイの行き先は、意外にもすんなり判明した。昨夜、駅のコンコースでショーイの勤め先に電話をすると、店長が『昨日で辞めて秋田《あきた》の実家に帰った』と教えてくれた。

『お袋さんが亡くなったそうっす。ずっと具合悪かったらしいっすよ。あいつん家《ち》、まだ中学生くらいの弟がいるから、やっぱ自分が帰んなきゃって思ったんじゃないっすかね』

行くしかない。迷いは微塵《みじん》もなかった。敦也は今朝の始発で秋田を目指した。

旅行の趣味のない敦也にとって秋田は、きりたんぽになまはげ、それに竿灯《かんとう》といった旅行雑誌の表紙的イメージしかない。秋田駅からバスに揺られること二時間。降り立った敦也が目にしているのは、どこからか演歌が聞こえてきそうなうらぶれた湊《みなと》の風景だ。ご丁寧にうみねこが、お迎えの合唱をしてくれている。

誰かに尋ねるまでもなく、ショーイの家は判明した。同じバス停に降り立った喪服《もふく》の一団の後を、そっとついていったのだ。正井《まさい》家は、湊の堤防からほんの二百メートルほどの場所にあった。今日が通夜《つや》で明日が告別式なのだと、道行く人が話しているのを聞いた。

悲しいな。敦也は不意に思う。

人は生まれ、いつの日か必ず死を迎える。毎日が幸せであればあるほどつい忘れてしまいそうになるけれど、自分もいつか死ぬ。愛する家族も、愛しい人も。

生命の営みに例外はない。だから与えられた生命を、今日を、精一杯生きるのだ。いずれやってくる最期《さいご》の瞬間に、後悔しないように。後悔させないように。

潮《しお》の香り漂《ただよ》う堤防の階段を、一段一段踏みしめて上る。

ざざざーっという波の音がして、視界が一気に開けた。海風が髪に絡む。

波打ち際に、白と黒が見えた。細くて頼りない、棒切れのような後ろ姿。

通夜にはまだ少し間があるから、それまで時間をつぶしているのか。

敦也は駆け出したい気持ちを抑え、砂浜をゆっくりと歩いた。

「陽」

弾《はじ》かれたように振り返る。

驚きに瞳を見開いた、愛しい姿がそこにあった。百年も会っていないような気がした。

「また風邪ひくぞ、上着も着ないで」

敦也はコートを脱ぎ、言葉をなくして佇《たたず》む陽の肩にそっとかけた。

「なんで、須賀さんが」

「みんな心配してたぞ。鴻上さんも、篠原先生も」

「…………」

「どうしてちゃんと言わなかったんだ。ショーイのお母さんの葬儀に行くって」

陽は答えず、ふっと視線を海に向けた。

「小さい頃さ、水平線っていう線があるんだと思ってた。空と海とを分ける長い紐みたいなの。いつか見てみたいと思ってた。何色なんだろう、どんな紐なんだろうって」

潮風に、陽の少し長めの前髪がさらりと揺れた。

「日本海《にほんかい》って、日が沈むだろ。だからおれ、ひいらぎに行って海に日が昇るの見て、ちょっと感動したんだ。ああほんとに太平洋《たいへいよう》なんだなって」

「……ああ」

「水平線は地球に貼《は》りついた紐。雲の上には雷《かみなり》さまがいると思ってたし、ヘソ出してると取られちゃうって、本気で信じてた」

敦也に話しかけているというより、それはまるでひとり言のようだった。

まだ悲しみの海に落ちる前の、無垢《むく》だった頃の思い出。

「おれんち、父さんと母さん、ずっと仲悪くて。家に帰りたくなくて、学校の帰りに土手に寝っ転がって毎日毎日空ばっかり見てた。雲の流れが速くなったり遅くなったりするのをぼーっと見てるうちに、西の空がだんだんオレンジに染まっていくんだ。本当にきれいだった。小五の時、父さんが東京に単身赴任になって『もうこっちに帰ってくる気はないみたいよって』って母さんが言って……だからおれ、父さんを説得しようと思ったんだ。母さんとはもう話す気がなくても、おれの話なら聞いてくれるんじゃないかって」

「……うん」

「バカだよね。結局無駄《むだ》だったのに。事故から半年くらい経って、おれが正気に返った時にはふたりはもう離婚してた。ずいぶん前からそれぞれに恋人がいたみたい。知らなかったのはひとり息子のおれだけだったって、笑えないオチ」

陽はふっと乾いた嗤《わら》いを零し、羽織《はお》った敦也のコートの襟《えり》をきゅっと握った。

「生まれて初めての飛行機で、おれ、むちゃくちゃ緊張してたんだ。父さんに会うの久しぶりだったし、なんかドキドキしちゃって。どうやって父さんを説得しようか、とかずっと考えて。それでずっと下向いて、おやつに持ってきたドロップばっかり舐めてたんだ。そしたら隣の席のおじさんが、こっちを見てにこにこしてて」

『そのドロップ、好きなの？』

『え？　あ、はい……まあ』

来年は中学に上がる。それなのにサクタ製菓のドロップスが大好きだなどと言えるはずもなく、陽は赤くなって俯いた。

『席を代わってあげようか』

おじさんは唐突にそんなことを言った。

『窓側の方が、外が見えるからいいだろ？』

『でも……』

ちらりと見た窓の外には、目の覚めるようなオレンジ色が広がっていた。

『窓側がよかったのになあって、顔に書いてある』

『そ、そんなこと』

陽はますます赤くなる。

『冗談だよ。いいからほら』

遠慮するなと、おじさんは笑ってシートベルトを外した。そぶりは見せなかったつもりだったが、実は密かに窓側の席を羨《うらや》ましく思っていた。洞察力の鋭いおじさんに、陽は虚勢を張るのをやめ、丁寧に礼を告げると窓際の席に移った。

『うわぁ、すごい』

陽の知っているどの夕焼けより、鮮やかで美しいオレンジ色に、思わず感嘆《かんたん》の声が出た。嫌なことがあるといつも土手で見上げていた夕焼け。生まれて初めて飛行機の窓から見るオレンジ色は、泣きたいくらい緊張していた陽の心をいつしかすっかりほぐしてしまった。

『雲の上はいつでも晴れだ。下が雨でも雪でもね』

『おじさん、よく飛行機に乗るんですか？』

『ああ。きみは初めて？』

『はい』

『何年生？』

『六年生です』

正直に答えてしまってからしまったと思った。

黙っていれば四年生くらいに見えなくもないのに。

『えっと、あの、ぼく、いつもドロップばっかり舐めてるわけじゃないんです。今日は飛行機に乗るから、たまたま、その』

おじさんはきょとんと首を傾げ、やがて声をたてて笑った。

『いいじゃないか、サクタのドロップ。おじさんも大好きだし、おじさんの息子《むすこ》も大好きだぞ。もう中学三年生になるくせに』

『え、そうなの？』

『ああ。この前とうとう虫歯になって、お母さんに怒られてた』

『うそ！　中三なのに？』

『ほんとほんと。中三なんて、まだまだ子供だよ』

見たこともないその中学生に、陽は勝手に親近感を覚えた。

一気に緊張の解けた陽は、口の中で溶けていく甘さを味わいながら少しの間おじさんとの会話を楽しんだ。おじさんの息子が野球をやっていること。エースで四番になれたのはおじさんの指導がよかったからだということ。陽はとても楽しい気持ちで聞いていた。

自分がこれから会いにいく父親とも、こんな風に語り合えたらいいのにと、うっとり想像したりした。

『おじさんも、ひとつどうぞ』

気づくと陽は自分からそう話しかけていた。

『お、嬉しいな。ありがとう』

陽はおじさんの手のひらの上で、缶を逆さにガラガラ振った。

転がり落ちたのは白。薄荷だった。

『おじさんところの坊主《ぼうず》はね、薄荷が嫌いなんだ。ハズレなんだって』

『そうなの?』

『薄荷は大人の味だからな。オコチャマにはわからないのさ。あ、言うと怒るけどね』

おじさんは、にやっとイタズラ坊主のように笑った。

きみは野球しないのかいと聞かれたので、陽は首を振った。スポーツは苦手で、土手に転がって空を見るのが好きだと正直に答えた。バカにされるんじゃないかと思ったけれど、おじさんは『おじさんも子供の頃、空見るのが好きだったんだよ』と言ってくれた。

陽は嬉しくなって、ツバメが低い場所を飛ぶ時は雨が降るだとか、下駄《げた》で占う天気予報にはちゃんと根拠があるだとか、知っている限りの知識を披露《ひろう》した。おじさんはいちいち『へえ、すごいなあ』『初めて知ったよ』と、知り合ったばかりの小学生の話に、真剣に耳を傾けてくれた。そして『大人になったら気象予報士になるといいよ』と言ってくれた。

『おじさんのそれ、何のバッヂ？』

おじさんの胸できらきら光るそれが、陽はさっきから気になっていた。

『ん？　これはね、弁護士のバッヂ』

『おじさん弁護士なんだ』

『うん。これはね、ひとりにひとつしかもらえないんだぞ。裏に番号が入ってるんだ』

『へえ、すごいなあ。なんだか野球の背番号みたいでカッコイイ。これ菊の模様？』

『違うよ。ひまわりだ。真ん中のデザインは何だかわかるかい？』

おじさんは胸からバッヂを外し、よく見えるようにと陽の手に渡した。

『うーんと……あ、わかった、天秤《てんびん》？』

『そう。大正解』

陽はしげしげとバッヂを眺め、もう一度『カッコイイなあ』と呟く。

そして陽がバッヂをおじさんに返そうとした時——機内に爆発音が響いた。

「大好きだったんだ。サクタのドロップ。あの緑の缶のじゃなくちゃ嫌だった」

「俺も。中学生になってもこづかいで買うほど好きだった。小学生の頃、母が他のやつ買ってきて、それじゃない違うって泣いて怒って。勝手にしなさい！　みたいなこともあったな」

敦也は懐かしく思い出す。

「サクタ製菓の社長が聞いたら泣いて喜びそう」

「俺たちふたりに表彰状が欲しいくらいだ」

陽は俯いたまま「だね」と小さく笑った。

水平線が霞《かす》んでいる。北の町は、冬が近い。

「親父も、好きだったんだ。あのドロップ」

イチゴがいい、メロンはよこせと、姉弟と一緒になってドロップの取り合いに参加していた父。聡一郎《そういちろう》にはどこか子供みたいなところがあった。

敦也は父のそんな純真さが大好きだった。とてもとても、好きだった。

「展望台で須賀さんに会った時、なんか初めてって気がしなかった。なんだろう、すごく懐かしいような、でもすごく悲しいような。胸が変な具合にざわざわしたんだ。おじさんの息子だってわかって、心にこう、すとんと落ちるみたいに納得した。ああそっか。そうだったのか、そういうことだったのかって」

音もなく、海風がふたりの間を抜けてゆく。また少し気温が下がった気がする。

「どうして黙って来たんだ」

さっきと同じことをもう一度尋ねてみたが、陽はまた何も答えてはくれない。

事故機でたまたま隣り合わせ、親切にしてもらったおじさん。敦也がその息子だったと気づいた瞬間の陽の動揺は察するに余りある。おそらく昨日の朝方ベッドを抜け出し、ベランダで空を見上げていた陽の胸には、敦也の想像をはるかに超えるものが去来していたのだろう。

「戻ろう。こんなところにいつまでも立ってたら、身体が冷える」

「大丈夫」

「週末は冷えるから上着を用意しろと、自分で言ったくせに」

敦也はそっと手を差し出した。しかし陽はその手を握ろうとはしない。

「行こう」

華奢《きゃしゃ》な背中に手を回し促しても、陽は足を踏み出そうとしなかった。

「……なさい」

小さな呟きだった。波の音にかき消されそうなほど。

「ん？」

「ごめ……なさい」

「俺じゃなく、鴻上さんに謝れ。打ち合わせすっぽかしたりして」

違う、そうじゃないと、陽は激しく首を振る。

「おれが……おじさんに席、代わってもらわなかったら、おじさんは……須賀さんのお父さんは、死なずに済んだんだ」

思いもしなかった言葉に、敦也は息を呑む。

俯いた陽の足下に、はたはたと涙の滴《しずく》が落ちた。

「おれが……ほんとは、おれが、死ぬはずだった」

「陽、お前、何言っ――」

「ごめんなさい！　本当に……ごめんなさい」

陽の脚から力が抜けた。

敦也の腕をすり抜けた肢体は、ずるずると白い砂の上にへたり込む。

陽はごめんなさい、ごめんなさいと、消えそうな声で何度も繰り返した。

「立て、陽。ズボンに砂が」

腕を取ろうとした敦也の手を、陽は拒んだ。

「おれ、ずっと……お、おじさんの家族に、謝りたくて、おれ、だけど、事故の後ずっと身体が……記憶も曖昧で、口も利けなくて、事故のこともおじさんのことも、誰も教えてくれなくてっ、だから、だから」

「もういい。謝らなくていい」

「ごめんな、さいっ、申し訳ありませんでした」

砂に額を擦りつけ、陽は号泣する。

「陽、顔を上げろ」

「ごめんなさい……ごめっ、なさっ……」

風邪をひいた日、陽は夢の中で謝罪していた。ごめんなさい、ごめんなさいと。何の夢をみていたのか、今やっとわかった。

なおも土下座《どげざ》を続ける陽の身体を強く引き上げ、折れんばかりに抱き締めた。

伝えなければならないことほど、言葉になるのを拒絶する。

もどかしさで窒息《ちっそく》しそうになる。

「お前は何も悪くない！」

「けど、おれが、窓際に座りたそうな顔なんか、したから」

「違う！」

思わず敦也は叫んだ。

「席を交代しなくたって、きっと同じ結果だった。お前が助かったのは席のせいじゃない。お前が子供で、身体が軽かったからだ」

陽は納得しない。ただただ首を振り、泣き続けた。

「誰もお前を憎んでなんかいない。おれも、おれの家族も。親父も。だからもう」

自分を責めるなと、敦也は強い口調で告げた。

陽はしかし激しく首を横に振るばかりだった。

「悪いんだ、おれが悪い。あっ、謝りたかった、ずっと、でも、怖くて、おれのせいで死んだって……言われるのが、怖くて」

「そんな……」

陽はずっとこうして、ひとりで罪の意識を背負って生きてきたというのだろうか。

小学生が背負うには、あまりに重すぎる十字架《じゅうじか》だ。目の前で人が死んだ。それが事実でなくても、自分のせいだと思い込んだまま生きるのは、どれほど辛かっただろう。

周りの大人たちは一体何をしていたのか。「お前は何も悪くない」と繰り返し伝えてやる人間がひとりでも身近にいたなら、少なくとも夜《よ》な夜《よ》なセックスの相手を探すような暮らしをすることはなかったはずだ。

ぼろぼろに傷ついた少年を、興味本位で追い回したマスコミ。

自分の幸せを優先し、傷ついた息子を見捨てて去っていった陽の両親。

敦也は、湧き上がってくる怒りを止められなかった。

陽の震える背中から首筋、そして柔らかい髪を、なだめるように手のひらでさすった。

「お前が悪いんじゃない。お前はなにも悪くない。悪くなんかないんだよ、陽」

違うおれが悪いんだと首を振って泣きじゃくる陽の身体を、ただひたすらにかき抱く以外敦也にできることは何もなかった。

陽はおもむろに足下のバッグから何かを取り出すと、俯いたままゆっくりと立ち上がった。

「これを、須賀さんに」

震える手で手渡されたのは、この頃とみに見慣れたサクタ製菓のドロップスだった。しかしその緑の缶は、敦也がふたりの〝約束〟のために買ったものではなく、あの夜クローゼットの中で見つけた、古く錆びついた方のそれだった。

「開けてみて」

陽らしくない、重く静かな声だった。

ガランと、あの時と同じ音がする。ひとつ残っていると言ったのは、本当にドロップなのだろうか。敦也は訝りながら指先に力を込め、缶の上部の丸い蓋を開けた。缶を逆さにすると、潮風で冷えた手のひらにころんとひとつ、銀色の小さな物体が転がり落ちた。

――これは。

時間が止まった気がした。一瞬にしてそれが何なのかを悟ったから。

ドロップにしては重い。ドロップのような透明な輝きはない。ひまわりの花の中央に公平を表す天秤の彫刻。ところどころ金メッキのはげた銀製のそれは、見間違おうはずもない、日《に》本《ほん》弁《べん》護《ご》士《し》連合会《れんごうかい》から貸与される弁護士バッヂ。九十九パーセント見つかるはずもないと知りつつ事故現場に足を運び、探しつづけていた、父・聡一郎の遺品だった。

「どうして、これを」

バッヂを裏返してみる。やはり間違いない。長い間ずっと、ひとり探しつづけていた数字が並んでいる。ひとりの弁護士にひとつだけ与えられる登録番号の刻印は、間違いなく聡一郎のものだった。

「あの時」

陽はひとつ、深呼吸をした。白い息が、潮風に流される。

「爆発音がして……おれはすぐにこれをおじさんの手に返そうとした。でもその瞬間に機体が大きく揺れて、天井から酸素マスクが降りてきて、周りはパニックになって……返せなくなった。とにかく落とさないように、なくさないようにって思った。おじさんはずっと『大丈夫だからな』『しっかり頭を抱えてろよ』って、横でおれを励ましてくれてた。空港に着いたら真っ先に返そうと思って、頭を抱えて蹲りながらバッヂをこの缶に入れて、缶ごとバッグに入れて抱きかかえてたんだ」

けれど機体は永遠に空港には着くことはなく、志乃夫岳の尾根に激突する。

バッヂはそれから十五年もの間、陽の元で大切に保管されていた。明るい場所でよく見れば、ドロップの缶はところどころ傷ついたり凹《へこ》んだりしている。錆《さび》もひどい。事故の衝撃を考えれば、今ここにあることが奇跡のようなものだった。

陽がこうして生還したことも。

「天罰《てんばつ》だと思った」

陽がぽつりと呟いた。

「天罰?」

「もっと積極的に、必死におじさんの家族を捜して、謝ろうとしなかった罰。許しを請うことさえ許されないと思っていたけど……そんなの結局言い訳だったんだ」

「陽……」

「初めてちゃんと好きになった人が、おじさんの息子だなんて」

初めて好きになった人。そんな甘い言葉を、陽は残酷《ざんこく》に告げる。

「許してもらえなくても、いつか返せたらいいなと思ってた」

「許すってなんだ。さっきから言っているけど、お前は何ひとつ悪いことなんかしちゃいないんだ」

「でもおれは」

「あのな、陽、俺には親父の気持ちがわかるんだ」

「……え」

「あの人は今、天国で笑ってるはずだ」

風が強くなってきた。

敦也はうな垂れたままの陽の肩を、両手で強く摑んだ。

「自分が助かればよかったなんて、親父はこれっぽっちも思っていない。お前だけでも助かってくれて本当によかったって、心から笑っているよ。隣合わせて座ったのも何かの縁だ。神さまから『この子を助けてやれ』と託された——親父はきっとそう思っている。そして俺もそう思っている」

「須賀さん……」

「親父はそういう人間だった。きっと毎日天国からお前の天気予報を見ていると思う。お前が気象予報士になったことも、ものすごく喜んでいる。あの子は元気にやってるなとか、最近ちっとも予報が当たらないぞとか、この頃よく当たるじゃないかとか」

「……が、さん」

陽の顔がみるみる歪《ゆが》む。

そして大粒の涙を零しながら、敦也の胸に頰を摺《す》り寄せた。

「大切に持っていてくれてありがとな、陽」

大きくしゃくり上げる陽を、敦也はもう一度強く抱き締めた。

浜辺に、重なったふたりの影が長い。いつまでもこうしていられたらいいのにと思う。

潮風に少し湿度の増した髪に口づけようとした時、堤防の方から声がした。

「おーい、ノギ！　そろそろ時間」

「あ、ショーイ」

慌てて身体を離して振り返ると、堤防の上で片手を上げたまま、ショーイが固まった。敦也の姿に面食らったのだろう、慌てて階段を駆け下りてくる。

「野木坂だから、ノギか」

「そ。あいつひとりだよ、今でもおれをノギって呼ぶのは」

中学生の陽。今だって大学生で通りそうな面だちなのだから、さらに幼顔だったのだろう。うまく想像できない。あらためて自分は、陽のことを何も知らなかったのだと思い知った。

「須賀先生、来てくれたんっすか」

多少の後ろめたさを押し隠し「ああ」と頷いた。

「このたびはご愁傷《しゅうしょう》さま。大変だったね」

「わざわざこんなクソ田舎まで、ありがとうございます」

「通夜、俺も出ていいかな」

香典《こうでん》は用意してきた。

「もちろんです。葬祭会館《そうさいかいかん》までバスが出るんで、よかったら一緒に乗ってください」

あと五分だからとショーイに急《せ》かされ、日の落ちかかった浜辺を後にした。

根元だけが黒い金髪頭は、田舎町の通夜の席で異様に目だっていた。しかし喪主挨拶《あいさつ》の段になって突然言葉をつまらせた彼に、批判めいた視線を向けていた親族や近所の人々も、そろって目頭《めがしら》を押さえた。

「なんだかんだ言って、おかあちゃんが大好きだったから、あいつ」

隣で陽が囁いた。ショーイはこのまま町に残り、まだ幼い弟を自分が立派に育ててみせると力強く宣言した。天職は捨てても弟は捨てられない。陽にそう言ったという。

通夜が終わると、陽が尋ねてきた。

「宿、どこに取ったの」

「秋田駅の近く。ビジネスホテルだ」

「じゃあもう行かないと。最終のバス、そろそろでしょ」

やはり陽は敦也と一緒に来るつもりはないらしい。

「お前はこっちに泊まるのか」

当時陽が暮らしていた親戚の家も、数年前に家主が亡くなり今は誰も住んでいないと聞いた。陽が身を寄せられる場所は、もうこの町にはいない。

「ショーイが……泊まれっていうから」

陽は伏し目がちに言った。明日の告別式にも出席するという。仕事を残してきた敦也は、明日の朝一番でひいらぎに帰らなければならなかった。

本当ならこのまま陽を連れて帰りたい。一分一秒でも離れていたくなかった。

けれどショーイの母親の葬儀とあっては、さすがにそれは言えない。

「いろいろありがとう。気をつけて帰ってね」

あっさり告げられた言葉が「さよなら」に聞こえてならなかった。

「陽、お前、月曜から『ハレモニ』に復帰するんだよな」

「……多分」

陽が瞳を伏せた。

「多分って」

「多分は多分だよ。まだ決めてない」

案の定の答えに、気持ちが重く沈んだ。

敦也にはわかっていた。月曜から番組に戻るつもりなら、陽は鴻上や周囲の人間に行き先を告げてきたはずだ。会議をすっぽかしてこんなふうに突然姿を消したのは、陽の心に迷いがあるからだ。

陽は何も悪くない。聡一郎や他の乗客と同じ被害者だ。本人もそれはわかっている。わかっていてもなお、十五年もの間、心に抱き続けていた贖罪《しょくざい》の念はそう簡単に消せないのだろう。たとえそれが陽の純真さゆえの、見当違いの自責であっても。

敦也との関係をこのまま続けるべきなのか、陽は迷っている。敦也の住むひいらぎ市へ戻るかどうか——つまり気象予報士の仕事を続けるべきなのかどうかさえも、きっとわからなくなっている。

「ひいらぎに戻ったら、必ず連絡しろよ」

「……うん」

「必ずだからな。待っているから」

「わかった。じゃ、行くね」

痩せた背中が頼りなげに揺れながら、葬祭会館の廊下《ろうか》を遠ざかっていく。突き当たりで待っていたショーイが、敦也に向かって深々と頭を下げた。

駆け寄って抱き締めたい衝動に、敦也は歯を食いしばって耐えた。

ねえ須賀さん、おれ、このまま気象予報士辞めちゃおっかな。須賀さんと別れて、この町でショーイと昔みたいに連んでいた方が、幸せかもしれない——。陽の心の声が聞こえる気がした。

待っていると告げた敦也の目を、陽は見ようとしなかった。敦也が陽の過去を受け入れたとしても、陽が自分自身を許さない限り、ふたりの未来はない。

ショーイと並んだ陽の背中が、廊下を曲がって消えた。

「待ってるからな」

残像に呟いてみても、心に凪《なぎ》は訪れなかった。

秋田で感じた悪い予感は、残念ながら的中してしまった。

陽はふたたび敦也の前から姿を消した。

と言っても敦也が危惧《きぐ》したように気象予報士を辞めて、秋田の湊町に留《とど》まったわけではない。陽はひいらぎに戻り『ハレモニ』の仕事を続けているし、敦也も他の大勢の視聴者も、これまでと変わることなく陽の天気予報を観ることができる。

ただ、陽との連絡が一切取れなくなってしまったのだ。

秋田から帰っても、陽からの連絡はなかった。告別式が終わった直後、陽が連絡を入れた相手は敦也ではなく鴻上だった。突然の失踪《しっそう》を詫《わ》びながら『月曜から一週間、休暇を取りたい』と申し出たという。

いつぞや居酒屋で『世界で一番陽を大事に思っている』と豪語した男は、その台詞を証明するように（それが正しいかどうかは別として）陽が会議をすっぽかしたことを許し、休暇の申し出を承諾した上に、彼のもうひとつの〝お願い〟まで叶《かな》えてやった。

引っ越しの手配だ。

敦也が仕事に出かけている間に、陽は部屋を引き払った。ご丁寧に時を同じくして携帯電話の番号も変えられていて、敦也から陽に連絡をつけることは、一切不可能になった。あまりの手際のよさにピンときた敦也は、すぐさま鴻上につめ寄ったが、彼が口を割るはずもなかった。環に尋ねてみても、鴻上は元妻からの電話にも出ないらしく、埒《らち》があかない。

余計なことをと、はらわたが煮えくりかえる思いだった。

『引っ越し先も電話番号もお前にだけは教えるなと、当の陽から言いつかっているんだ。悪く思うなよ』

鴻上らしくない複雑な声色でそう告げられ、行き場をなくした怒りが心の中心部でぐらぐらと沸騰《ふっとう》した。目の前で勝ち誇ったように高笑いでもされて、つかみ合いにでもなった方がすっきりしたかもしれない。

陽が自分に会いたくないと言っている。このまま別れようということなのだろう。

月曜から五日間、陽の代わりにお天気コーナーを任されていた女性気象予報士は、それなりに可愛く陽よりずっと滑舌《かつぜつ》もよかった。もちろん「コンピューターを無視した自分なりの降水確率」なんてのも言わない。淡々と可愛らしい天気予報はしかし、月曜から金曜までもれなく敦也の耳を素通りしていった。

金曜の番組終了間際、司会者が「さて来週は、突然の秋休みからはるクンが戻ってきますよ。お楽しみに」と言った。その言葉にうかつにも涙が出そうになった。こんな状況なのに。一方的に連絡を絶たれたというのに。それでもなお、陽が愛おしくて仕方ない。

陽なりに悩み、苦しんで苦しんで出した結論なのだろう。黙って受け入れてやった方が、陽は楽なのではないかとも思う。けどそれでは、陽の心はあの日から動けないままだ。席を代わってくれた〝おじさん〟に詫び続け、何も悪くない自分を死ぬまで責め続けるだろう。いい方向に向かっていたセックス依存についても、元《もと》の木阿弥《もくあみ》になることは目に見えている。

明日の朝から陽が『ハレモニ』に帰ってくる。

敦也はキッチンの棚《たな》からウイスキーのボトルを取り出し、封を切った。もらいものの高級品だが、家で強い酒を飲む習慣はないので、いつもらったものかも忘れてしまった。

氷も入れずグラスになみなみと注ぎ、一気に呷る。

そして窓辺にふたつ、ドロップの缶を並べた。

ひとつは毎夜、陽が振っていた新しい缶。中にはまだたくさんのドロップが入っている。

もうひとつは傷だらけの古い缶。秋田の浜辺で、陽から受け取ったものだ。

今のものとは微妙にデザインの違う古びたそれを、敦也は手に取った。

ガラン、ガラン。

中を転がるのは父・聡一郎の弁護士バッヂだ。

あの凄惨《せいさん》な事故から陽とともに生還した。

ずっと探していたとはいえ、正直なところほぼ諦めていた。意地というのとは少し違うかもしれないが、どこか依怙地《いこじ》になって固執していたのは事実だ。

おかしいじゃないかと、十五歳の少年なりに感じた。聡一郎のスーツはボロボロで、あちこちに血の染みがあり、とても正視できない状態だった。しかし左襟の部分は、生地がしっかりと残っていた。なのに、そこにあるべきバッヂだけがない。

検死官も警察官も母も姉も伯父《おじ》も伯母《おば》も、みんな『衝撃で外れたんだろう』と言った。けど敦也には納得がいかなかった。衝撃でスーツがちぎれて吹き飛んだなら理解できる。けれどバッヂの構造上、どれほどの破壊力が加わったとしても、スーツの生地を破らずにきれいに外れるなんてことがあるだろうか。

悔しくて、納得がいかなかった。納得できないからひいらぎで仕事を得た。どこまでも頑固で融通が利かなくて。そんな父譲りの性格は、時に敦也を縛り、時に前へと進ませた。

缶の蓋を開ける。手のひらに落ちた重みに、亡き父の思いを感じる。

『走れ！　諦めるな！』

ふと、父の叫び声が蘇る。グラスを手にしたまま、敦也は目を閉じた。

日の落ちかかったグランド。ノックをする父と、息をあげる小学生の自分。

『もう一球だ、敦也。最後まで諦めないで追え。絶対に取るんだと思って追え！』

カーンとボールの音が響く。走って走って走って、敦也はボールを追う。あれは何年生の頃だったろう。忙しい日々の合間に、それでも父は時折野球の相手をしてくれた。

——俺は……。

まだ走れるだろうか。まだ追いつけるだろうか。

弁護士バッヂに問いかけてみても、答えはくれない。

──自分で考えて、答えを出せということか。

目を開け、傍らのスマートホンを手に取る。

『はい。テレビ東日本です』

電話に出たのはオペレーターだった。

善良な視聴者のふりをして、明朝の『ハレモニ』のロケ場所を尋ねてみたが、案の定教えてはもらえなかった。放送が始まればどのみちわかってしまうことなのだが、以前翌日のロケ場所を告知したところ、登校前の女子高生が何十人も集まってしまい問題になったのだという。陽の人気ゆえ、ということなのだろう。皮肉なことだが致し方ない。

敦也は一度電話を切り、さっき環から聞き出して登録したばかりの番号をコールした。

『はい』

先方の携帯に敦也の番号は登録されていない。あからさまに不審そうな声だったが、それでも電話に出てくれたことは幸運だった。

「須賀です」

ひと呼吸置いて、大きなため息が聞こえた。

『環から番号聞いたのか』

「ええ」

『こんな夜中に何の用だ。この間も言ったが、陽の引っ越し先なら』

「そうじゃありません」

『じゃあなんだ』

鴻上は、さっきよりさらに大きなため息をついた。

敦也はまたひと口、酒を呷る。強いアルコールが、喉の奥をヒリヒリと洗った。

『あと数時間で出勤しなくちゃならん。用件は手短に——』

「陽は」

スマートホンを握る手が冷たい。アルコールは、まだ指先にまで届いていないようだ。

「笑ってますか」

『え？』

「あいつは、楽しそうですか。毎日幸せそうですか」

『笑ってるよ。いつも通りだ。何も変わらない』

世にも苦々しい声で鴻上は答えた。

「心からですか」

『知るか、んなこと』

「陽が心から笑ってると思いますか。鴻上さん、あいつのこと、なんでもわかるんですよね」

鴻上は答えない。百グラムそこそこのスマートホンから伝わってくる沈黙が、重い。

「俺から逃げて、引っ越して、電話番号まで変えて、この一週間でリフレッシュして、ちゃっちゃと頭切り替えて、さあ仕事頑張るぞ――って、そんな感じですか」

『あのなあ、須賀さん』

「陽からもう聞いてますよね、事故の時、陽と俺の親父が隣の席だったこと。親父の弁護士バッヂをあいつが持っていたこと。それから、あいつがこの十五年間、俺たち家族にどんな思いを抱いていたのか」

返答には、しばらく間があった。

『ああ』

「あいつ、にこにこ笑って話したでしょ。びっくりしちゃったなあ、とかなんとか、世間話でもするみたいに軽い調子で。でもあなたにもわかっているはずだ。陽が本当はどんな気持ちだったのか。今、この瞬間もあいつがどんなに――」

声がつまりそうになって、思わず言葉を切った。鴻上に気取《けど》られぬよう、大きくひとつ深呼吸をした。

「鴻上さん、前に俺に言いましたよね。『この世界で一番、あいつを大事に思っているのは俺だ、という自信はある』って。でも俺は認めない。この世界で一番あいつを大事に思っているのは鴻上さん、あなたじゃない。俺だ」

ようやく脳までアルコールが回ってきた。

「このまま何もなかったことにして、俺のことも忘れて、今までどおり暮らしていくこともできるかもしれない。けど、それじゃ陽はまた綱渡りに逆戻りだ」

『綱渡り？』

「あいつの今までの人生です。地に足が着いていない。危なっかしくて見ていられない。今日は大丈夫でも、明日はわからない。ひとたび強い風が吹いたら、真っ逆さまに暗い闇に落ちてしまう。そしたらあいつ、二度と上ってこられない」

『………』

「すかすかの人生だって、陽は言っていました。生きている実感がなかったって。誰彼かまわず寝て、病的な熱を鎮《しず》めるだけ。そんな虚しい人生を、これからもあいつに送らせるなんて、俺にはできない」

息もつかず、敦也は捲したてた。

「本気であいつを救いたいなら、風から守ってやるだけじゃダメなんだ。自分も一緒に落ちるのを覚悟で、綱に上ってあいつの手を握ってやらないとダメなんだ」

『あんたには、その覚悟ができているのか』

「できています。俺は陽を愛しています。そして陽も俺を愛している」

『自信満々だな』

「自信がなかったら、あなたにこんな電話しません」

スマートホンの向こうで、鴻上がふっと笑う気配がした。けれどそれは以前のような、あからさまな嘲笑ではない。どこか芯の温かい、柔らかな笑いに感じられた。

『飲んでるのか』

「……え」

不意に言い当てられ、一瞬たじろぐ。

『やけ酒か』

「そんなんじゃ、ありません」

『やけにしゃべると思ったら』

「だからそんなんじゃ――」

『悪いが、ロケ場所は教えられない』

「鴻上さん！」

敦也はグラスを握り潰しそうになる。

「だったら今から局に行きます。乗り込んで、教えてもらえるまで座り込みでもなんでも」

『落ち着け。あんた、今どこだ』

「どこ？」

『どっか外で飲んでいるのか』

「……いいえ」

自宅です、と不機嫌に答えた。居場所など聞いてどうするつもりなのか。

「そんなことより明日のロケ場所を」

『だったら出かけないでそこにいろ』

「え？」

『そのまま自宅にいろと言ったんだ。ついでに酒はやめてとっとと寝ろ』

どういう意味だろう。我知らず眉間に皺《しわ》が寄る。

『わからないのか。まったく頭が悪いな』

チッと舌打ちし、鴻上はさも面倒くさそうに言った。

『あんたは明日の朝起きて、まず出かける準備をする。七時半になったらテレビを点《つ》けて『ハレモニ』を観る。番組が始まるとすぐ、この番組はご覧のスポンサーの提供で云々《うんぬん》、ってとこがあるだろ』

「はい」

『スポンサー名をクレジットされている数十秒間、『ハレモニ』では、その日陽がロケをする場所をバック映像に使う。そう長い時間じゃないが、あんたがしょっちゅう通る場所とか、一度でも行ったことのある場所なら、かなりの確率で特定できる』

敦也は酔いの回ってきた頭で考えた。

「つまりロケ場所は、このマンションの……近く」

『それ以上は俺の口からは言えない。明日の朝、自分の目で確かめろ』

ただし陽に声をかけるのは放送が終わってからにしろと釘《くぎ》を刺し、鴻上は電話を切った。

あまりに乱暴な切り方に、敦也はしばし呆然とし、それからひとり苦笑した。

「ありがとうございます」

敦也は切れたスマートホンに頭を下げた。そして少しふらつきながら立ち上がると、グラスに残っていたウイスキーをキッチンのシンクに流した。


ねえ六階って、海見える?

正義感なんかで男は陥落しないよ。

たまには泊まってかない?

初めてマトモになれそうな気がしたんだ。


あの時もあの時もあの時も。いつだって陽は必死に生きていた。

へらへらと笑う仮面の下で、血の滲《にじ》むほど必死に。

陽は決して助けてとは言わないだろう。それが〝おじさん〟への贖罪だと思っているから。

違うんだ陽。そうじゃない。

お前が幸せにならないと、何の意味もないんだ。

「迎えにいくよ、陽」

敦也は、窓辺に並んだドロップの缶に向かって呟いた。

翌朝は晴天だった。気温は平年より少し低いだろうか。敦也はいつもより一時間以上早く起き、身支度を整《ととの》えた。

『ハレモニ』のお天気コーナーは、ほぼ毎日ロケだ。週の半分は局の敷地内だが、あとの半分はひいらぎ市内のさまざまな場所で行われる。駅前、公園、植物園、保育園――大抵はテレビ東日本から一時間以内の場所だ。

午前七時三十分ジャスト。『ハレモニ』が始まる。

「おはようございます！　十一月、第二週の月曜日です」

「とうとう今年も残すところ一ヶ月と三週間になっちゃいましたね」

司会者は男女ふたり。どちらも局の看板アナウンサーだ。スタジオはふたりの掛け合いで番組を進行していく。

「僕、今朝はとうとうヒーターを入れました。今年初です」

「あ、私もです。そういう方、多いんじゃないですか？　このまま冬に突入かなあ」

「後ではるクンに詳しく聞いてみましょうね」

「そうですね。先週、遅い秋休みを取っていたはるクンですが、今日から復帰です」

「では今日が素敵な一日になるおまじない。せーの『ハレモニ』！」

タイトルがアップになり、低く流れていた番組ジングルのボリュームが大きくなる。敦也はそのバックに流れる映像に、意識を集中した。

「この番組はご覧のスポンサーの提供で――」

決まり文句と共にスポンサー名がクレジットされた。敦也は固唾《かたず》を呑む。

最初に映し出されたのは数羽のカモ。その周囲には連なった蓮《はす》の葉が見える。

湖だろうか。いや、池かもしれない。

五秒ほどでカメラが引く。やはり池のようだ。その畔《ほとり》で数名のスタッフが中継開始を待ってスタンバイしている。

スタッフの中に陽がいた。一週間ぶりに見る姿だった。天気図のフリップを置いたイーゼルの横で、イヤホンをつけているところだ。カメラが遠すぎて、表情まではわからない。

どこだろう。池の周りに柵がある。公園だろうか。

――公園……池のある公園。

目を凝《こ》らした。カメラがゆっくりとターンして、公園の隅の小さなベンチを捉えた。

「あ……」

気づいた瞬間、敦也の右手はソファーに投げ置かれていたコートを摑んでいた。

公園までは歩いても二十分かからない。全力疾走《しっそう》したので十分で着いた。

あの日ふたりで歩いた公園。人気のないベンチで陽は、敦也の太股に頭を預け寝そべった。あれから二週間しか経っていないのに、木々の葉は黄色や茶色に染まり、秋がさらに深まったことを教えていた。

カメラクルーの向こう側に陽の姿が見えてきた。気取られぬよう大きなくぬぎの木陰に身を潜める。本番中の陽を動揺させてはいけないと思った。声をかけるのはオンエア終了後。それまでおよそ一時間、黄色い絨毯《じゅうたん》の上で待つことにした。

さすがにこの時間に公園を歩いている人はほとんどいない。時折通るのは通勤途中と思《おぼ》しきスーツ姿の男性、女性。小さな子の手を引いているのは、おそらく公園の先にある保育園に子供を預けにいく、働くお父さんお母さんなのだろう。

テレビ画面からはわからなかったが、撮影には結構な数のギャラリーがいる。通学途中の女子高生が五、六人、早朝散歩の老人が三、四人、敦也と同じように少し離れた場所から陽の様子を窺っていた。告知しなくても、ネットで情報が広まってしまうのかもしれない。

ほどなくお天気コーナーが始まる。

陽は笑っていた。いつものように明るく爽《さわ》やかに。いや、いつも以上かもしれない。少し離れた場所で、女子高生たちが「きゃ、はるクン笑った」と歓声を上げた。

二度、三度とカメラに頭を下げてみせる。おそらく突然一週間も休暇を取ってしまったことを、視聴者に謝罪しているのだろう。ほんとにすみませんでした、でも心配ないですよ、病気とかじゃないですからね、ほら、ぼくはこんなに元気です——と。

陽がフリップを指した。それから空を見上げたり、時々大げさな身振り手振りを加えたり。しかしそんな陽の声は、敦也のところまでは届かない。

今日一日は、どんな天気なのだろう。雲は少ない。風は少し。気温は思ったより低いようで、枯葉《かれは》を踏みしめる足下が、じわじわ冷えてくる。

陽は寒くないんだろうか。こっそり見やると、あの日『暑い』と脱いだダウンのジャケットを羽織り、首元からカラフルなマフラーを覗かせている。手袋もちゃんとしている。防寒に気を遣うくらいには平常心を保てていることがわかって、少しだけ安堵した。

——なあ陽、お前はこの空を……。

敦也は頭上に広がる紺碧《こんぺき》を見上げる。幸せな少年時代を根こそぎ奪ったこの空を、来る日も来る日もどんな気持ちで見上げていたんだ。晴れの日。雨の日。雪の日。照りつける太陽や、泣き出しそうな雲や、季節を告げる風を、どんな気持ちで伝えていたんだ。

目頭が熱くなる。泣いてどうすると、敦也は唇を噛んだ。

気づけば、番組最後のお天気コーナーが終わっていた。撮影クルーはバタバタと機材の撤収を始め、陽もスタッフと一緒に機材の撤収を手伝っていた。木陰の敦也たちに気づく様子はなかった。敦也は木陰から静かに足を踏み出した。陽は屈《かが》んで、フリップを載せていたイーゼルを畳《たた》んでいる。近づく敦也に、まだ気づいていない。

「すみません」

陽ではなく、少し離れた場所にいたクルーのチーフらしき男に声をかけた。

「はい、なにか」

「突然申し訳ございません。私、こういう者です」

スーツの内ポケットから名刺を取り出し、敦也は自己紹介を始めた。先日、陽が鴻上の車を運転中、駐車場で隣の車に接触してしまった。自分は弁護士で、車の持ち主である鴻上に頼まれ、陽と話をしにきた――。すべて昨夜のうちに用意しておいたシナリオだった。

「あー、先月のアレですね」

幸運にもチーフは事故の件を聞き及んでいた。話が早いと敦也はほくそ笑む。

「はるクーン、お客さん」

チーフの声に陽、がようやく振り向いた。目を見開いて固まる陽に、敦也は慇懃《いんぎん》な一礼をした。

「では掛井さんをお借りします。鴻上さんには話を通してありますので」

「はるクン、今日はこのまま直帰していいよ。イーゼル、俺が片しておくから」

「でも」

「いいからいいから。弁護士さん待たせちゃ悪いだろ」

戸惑う陽の背中をやや強引に押しながら、敦也はものわかりのいいチーフにもう一度礼をした。

「どこ行くの」

背中を押されながら、陽が憮然《ぶぜん》と尋ねる。敦也は答えず道を進んだ。あの日、初めてふたりで散歩をした、池を周遊する小道だ。

「鴻上さんに、話通したってほんと？」

陽が訝る。

「嘘に決まってるだろ」

「なっ」

「話がある」

「おれはないよ」

踵《きびす》を返し、道を戻ろうとする陽の二の腕を摑んだ。

「俺にはある」

「須賀さん」

敦也を見上げるその瞳は、憂《うれ》いと拒絶の色だ。

「おれには、須賀さんを好きになる資格が、ない」

「資格なんて——」

言いかけた時だ。池の方からバシャンという妙な水音がした。鯉《こい》が跳ねたにしては大きな音だ。思わず陽と顔を見合わせる。

十メートルほど先に、ベビーカーの傍らに屈み込む、若い女性の背中が見えた。赤ん坊の泣き声が聞こえる。ベビーカーの中で泣き出した赤ちゃんを、夢中であやしているようだった。

ベビーカーの持ち手に、保育園か幼稚園の黄色い帽子がかけられていることに気づいた瞬間、敦也の背筋に冷たいものが走った。帽子の主は、どこにいるのか。

ほぼ同時に陽も気づいたらしく、弾かれたようにふたりで池に駆け出した。

早とちりの勘違いであってほしかった。しかし願いは虚しく敦也の目には、今まさに冷たい池に沈もうとしている幼い子供の姿が飛び込んできた。

柵を跳び越える。その音に振り返った母親が、事態に気づいて息を呑んだ。赤ん坊に気を取られている間に、上の子供が池に落ちてしまったのだ。バシャバシャと波打つ水面に、ハート型のアルミ風船が浮かんでいる。陽と散歩をしたあの日、少女の手から離れて木の枝に引っかかった風船だ。萎《しぼ》んで池に落ちた風船を取ろうとして、足を滑らせたのかもしれない。

「あああ、コウちゃん！　誰か、誰か！」

絶叫する母親の前で、あっぷあっぷと手足をばたつかせながら、小さな身体が沈んでいく。一刻の猶予もなかった。敦也は手早くコートと上着を脱ぎ捨てる。横で同じようにジャケットを脱ぎ始めた陽を片手で制した。

「泳げないんだろ」

「須賀さ……」

「俺が行く。救急車呼んどけ」

言い終わる前に、敦也は池に飛び込んだ。

「須賀さん！　須賀さ、──ああ！」

陽の叫びは、やがてくぐもり、聞こえなくなった。

水は、よく心臓が止まらなかったと思うほどの冷たさだった。公園の池だとタカをくくっていたが、水深は想像していたより深かった。水面を覆う落ち葉で視界も悪く、懸命に伸ばした手は、なかなか子供を探りあてることができない。次第に全身がかじかみ、手足の自由が奪われていく。もし足でもつったら、自分の命も危ない。

焦る敦也の指先が紐状のものを感じた。肺の中の酸素量がぎりぎりだ。急いで手首に絡め、思い切り引き寄せる。それが通園バッグの紐だとわかったのは、ぐったりとした小さな身体を無我夢中で岸に引き上げてからだった。五歳くらいの男の子だった。

いつの間にかできていた人垣の中から男性が飛び出してきて、男の子を後ろから抱きかかえて水を吐かせた。身体をタオルでぐるぐる巻きにされると、ようやく恐怖を感じる余裕ができたのだろう、男の子は母親にしがみついて泣き出した。大きな怪我はないようで周囲に

安堵が広がる。

救急車は二台来た。一台には男の子と母親が収容された。もう一台は冷たい池の中に飛び込んだ敦也のために陽が呼んだらしい。

「あっ、背中から出血していますね」

救急隊員に指摘され、敦也はえっと首を傾げた。そういえば肩甲骨のあたりが少しヒリヒリするなあ——などとようやく思い至る。救急車に乗るほどのことではないと笑顔で答えていると、斜め後方で誰かが崩れ落ちるようにしゃがみ込んだ。陽だった。

「陽！　おい」

地面にへたり込んだ陽を抱き起こす。その身体の細さに、敦也はドキリとする。

秋田の海で抱き寄せた時より、また痩せている。

展望台で雷の音に怯え、震えていた陽を思い出した。

「大丈夫か。苦しいのか」

俯いた顔を覗き込むと、陽は真っ青な唇で必死に言葉を紡いだ。

「乗って。早く」

「陽？」

「血が……怪我……お願いだから、早く、救急車に」

「これくらい平気だ」

「早く病院に行かないとダメなんだよ！」

涙混じりの叫びは、敦也の胸を貫いた。陽の手を強く握る。

「俺は大丈夫だから」

「ダメ……ダメなんだ」

「陽、俺は大丈夫だ。来い」

濡れた身体にコートを羽織り、陽の手を引き歩き出した。救急車には帰ってもらった。

この手を離してはいけない。何があっても離すものか。

マンションの部屋に戻るまで、敦也は一度も陽の手を離さなかった。


敦也がシャワーを浴びる間、陽はソファーの上で膝《ひざ》を抱え、ちんまり丸まっていた。逃げ出すのではないかと不安はあったが、ずぶ濡れのままでは話もできない。

「傷は？」

バスルームから出てくると、陽が待っていたように尋ねてきた。

「かすり傷だ。絆創膏《ばんそうこう》を貼っておいた」

出血は完全に止まっていた。水中でもがくうち、何かに引っかかったのだろう。破れたワイシャツから傷が覗いていたことや、水に濡れて出血が多く見えたことが、陽を動揺させてしまったようだ。

「そう。よかった」

「何か作ろう。朝飯、まだなんだろ」

頭をタオルで拭きながら、キッチンに向かった。

「いい」

「パスタならすぐに」

「何も食べたくない」

「じゃあ何か飲みもの――」

「いらない」

背中に陽の声がぶつかる。ヒリッと一瞬、傷が痛んだ気がした。

「さっき、話はないって言ったけど撤回する。やっぱり話、ある」

マグカップをふたつ手にしたまま、敦也はゆっくりと陽を振り返った。

「須賀さんが池に飛び込んだ時、目の前がざーっと暗くなってって、息が苦しくて……このまま浮かんでこなかったらどうしよって……怖かった。ものすごく、恐ろしかった」

陽は、何かに耐えるようにぎゅっと身体を硬くした。

「でも同じくらい、あの男の子に助かって欲しかった。何がなんでも須賀さんに助け上げて欲しかった。あの時あそこにいたみんなが、きっとそう思ってた」

「……ああ」

「おれ、どうしたらいいのか、わかんなかった。ただ、須賀さんとあの子の無事を祈ることしかできなかった」

吐息《といき》に混ぜ、陽は苦しそうに告白する。

「あの子が息を吹き返した時、おれ、気づいたんだ。ああ、もしかして須賀さんもこんな気持ちだったのかなって。須賀さんにもしものことがあったらって、考えただけでちびりそうだったけど、でもそれとは別にあの子には助かって欲しかった。今度あの子に会うことがあったら、おれ、伝えたい。せっかく助けてもらった命なんだから、大事に大事に生きて、めいっぱい人生を楽しんで、幸せになれよって。なんか……上手《うま》く言えないけど」

「わかるよ。よくわかるよ」

もし敦也の身に何かあれば、家族や知人は悲しむだろう。もちろん陽も。けれど、誤って池に落ちた幼児を責める人間は、少なくとも敦也の周りにはいない。みな彼が助かったことを喜び、命を大切に生きて欲しいと願うはずだ。

「あの事故で亡くなった人の分まで、おれは生きなくちゃならないんだね」

「ああ。そうだよ」

敦也はゆっくりとソファーの前に立つ。そして陽のきれいなつむじを見下ろした。

「陽、顔を上げて」

陽は首を横に振る。

太股の上に置かれた両手を、優しく包むように握った。

「こっちを見てみろ」

「…………」

「ちゃんと見えるはずだから、顔を上げて」

「見えるって？　……あっ」

一瞬力の抜けた陽の両手を、ちょっと強引に引いた。

露《あらわ》になった不安げな顔。ふたつの虚《うつ》ろな瞳が、怯えたように揺れている。

「何もなくなんかないだろ。陽、お前が手を伸ばせば、幸せなんていくらでも摑めるんだ」

ゆらゆらと頼りなげだが、その視線はようやく真っ直ぐ敦也を見上げた。

気高いほどに濁《にご》りのない瞳。きれいだと、心の底から思った。

「手を伸ばして、触ってみろ、ほら」

敦也は、陽の手を自分の頰に誘う。おずおずと、陽の冷たい指が敦也の頰に触れた。

「何もないか？　真っ白なのか？　お前の前には誰もいないのか？」

陽の瞳がみるみる潤んでいく。

敦也の頰を撫でる指が、微かに震えた。

「ショーイのお母さんの通夜から帰る道で、俺に話しかけてきたおばあちゃんがいたんだ」

「……え」

「お前のこと、聞かれたよ。あんた陽くんの知り合いなのかい、って」

老婆《ろうば》は当時、掛井夫婦ととても親しかったという。陽が志乃夫岳の事故の生還者だということを知っている、数少ない人間のひとりだった。

「ずいぶんやつれた顔してたけど、あの子、今幸せにやってるのかい？　そう聞かれた。俺は……答えられなかった。答えられない自分がめちゃくちゃ情けなかった。陽は幸せですよ、好きな人と一緒に、とても幸せに暮らしていますよ、だから安心してください——堂々とそんなふうに言えたら、どんなにいいだろうと思った。悔しくて、悲しかった」

「須賀さん……」

ほろりとひと粒、陽の頬を涙が伝う。敦也はその真珠《しんじゅ》を、親指でそっと拭《ぬぐ》った。

「いいか陽。今触っているのが、お前の幸せだ。幸せの感触だ。そして今いる場所——俺の目の前が、お前の居場所だ。これからどんなことがあっても、それだけは覚えていて欲しい」

涙で言葉の出ない陽を、敦也はかき抱いた。

返事の代わりに陽は頷き、敦也の胸にしがみついた。

やっと戻ってきた。やっとこの腕の中に。

二度と離さないと敦也は強く胸に誓《ちか》う。二度と陽に、悲しみの涙を流させはしない。

「誰よりも幸せになるんだ、陽。毎日笑って、毎日楽しんで。毎日幸せに暮らすんだ。時々は辛いこともあるだろうけど、いつだって俺が一緒だ。心配ない」

陽の心の傷は深い。黒から白に返るオセロのように、一夜明けたら何もかも治っていました、という類《たぐい》の単純な症状ではない。きっとこれからも、さまざまな困難にぶつかる。

けど、大丈夫。これから陽はひとりじゃない。

「暗がりで突然何かが光ったりするの、ダメなんだ。大きな音がするのもダメ。ヘリの音やジェット機の音でも、体調によっては具合が悪くなる。高校くらいまではそれで発作起こして、よく救急車のお世話になった……大分マシになったんだよ、これでも」

陽は静かに瞳を閉じた。

「あの瞬間の記憶って、おれ、ほとんどないんだ」

その瞬間を、敦也は知らない。母の作った夕食をいつもの食卓でいつものように食べていた。自分の人生を大きく変えてしまう出来事が起こっているなんて、思いもせずに。

「目が覚めたら、あたりが明るくなってた。まだ救助の人は来てなくて……不気味なくらい静かだった。身体中がものすごく痛かったんだけど、必死にシートベルト外して機体の外に這《は》い出た。そしたら——」

長い睫毛が微かに震えている。敦也はそこに陽がいることを確かめるように、細い身体をぎゅっと抱き締めた。

十五年前、事故機に乗り合わせた十一歳の少年が見てしまったものを、敦也は想像することしかできない。けれどそれがどれほど凄惨で、筆舌に尽くしがたい光景だったかということはわかる。

「目の前の赤い水たまりを……最初はワインだと思った。前の席の人が飲んでいたから、それが零れたのかなあ、なんて……でも違って……おれはもう一度気を失った」

零れた赤ワインが苦手だと言った。悲しいほど、すべてはそこに繋がっている。

「長いこと精神科とか心療内科とかにあちこち通って……発作はずいぶん減ったけど、それでも時々、ああいうこともある」

展望台でのことを言っているのだろう。敦也は陽の背中をさすった。

「夜が……一番怖かった。暗くなると、どうしてもひとりでいられなかった。眠ろうとして部屋の電気消すともう、心臓が破裂しそうになって、苦しくて」

以前の陽が、口に出すのも憚《はばか》られるほど乱れた生活を送っていたことを、敦也は知っている。一夜の相手を探して歓楽街をうろつくこともあったと、鴻上から聞いた。

「自分の頭の中がコントロールできなかった。思い出したくないのに、事故の記憶はいつでも頭の片隅にあって、いつ飛び出してくるか自分でもわからない。特に夜は。だから、誰でもいいから傍にいて欲しかった」

目を離すとセックスの相手を探しに出かけようとする。自宅を訪ねればいつも違う男とベッドにいる。そんな陽を鴻上は、幾度となく窘めた。オモチャの手配やオナニーの見学くらいで陽の衝動が収まるのならと、時として渋々つき合った。

「空を見るのが好きってだけで、高校も出てないのに、必死に頑張って勉強して気象予報士になったのは、飛行機の中でおじさんに言われた言葉が頭にあったからなんだ。だから鴻上さんからテレビ東日本の番組に出ないかって言われた時、ああこれは運命なんだと思った。おじさんがおれを呼んでいるような気がして」

「いろいろな意味で、鴻上さんは恩人なんだな」

「感謝してる。とても」

「俺も、あの人には感謝している」

この二年間、壊れもののような陽を公私に亘って守り続けてくれた。なんだかんだと言いがかりをつけながらロケ場所を教えてくれたのも、結局は陽の幸せを思ってのことだ。

「あの日、展望台で俺たちは、会うべくして会ったのかもしれないな」

「そうだね」

「陽、今度こそ、ちゃんと俺の恋人になってくれ」

敦也の告白に、陽はゆっくりと不安げに顔を上げた。

「ダメか」

「ダメじゃないけど……おれ、かなり、面倒くさいよ」

「知ってる」

「素直じゃないし、ぜんぜん」

「嫌ってほどわかってる」

「柄にもなく、ヤキモチとか妬《や》くかも」

「望むところだ」

「我慢できなくて、押し倒すかも」

「受けてたつから心配するな」

陽の瞳が潤んで、またひと粒涙が零れ落ちた。

「また……失望させるかもしれない」

「俺が失望するのは、お前が勝手にいなくなった時だけだ」

「須賀さん……うっ」

陽が激しく嗚咽《おえつ》した。

「お前は、俺と出会ったことは天罰だって、そう言ったよな。秋田で」

「……うん」

「天罰じゃないんだよ。俺と出会ったのは、お前へのご褒美《ほうび》だ」

「ご褒美？」

「そう。ご褒美。どんなに辛くても、お前は一生懸命生きてきた。いろんな重いもの背負わされて、それでも頑張って頑張って、今日まで生きてきたんだろ。だからあの日、神さまが俺たちを出会わせたんだ。陽、もう楽になりなさい。最高の恋人に出会わせてあげるから、思い切り甘えて生きていいんだよってな」

「須賀さん……」

とめどなく溢れる陽の涙が、敦也のシャツを濡らす。

「お前が傍にいてくれる。それ以外、俺の望むものは何もないんだよ、陽」

「おれ、幸せに……なろうと、お、思っても、いいのかな」

敦也は陽の頭に顎《あご》を載せ、「当たり前だ」と頷いた。

「須賀さんを、好きに、なっても、いい？」

「もう好きなんだろ？」

「うん……好き。大好き、死ぬほど、好き」

「俺がこの手でお前を幸せにする。誓うよ」

愛おしくて、ひりひりと切ない。けれどもう悲しくはなかった。

陽のぬくもりがここにある。それだけでいいのだ。それだけで。


池に落ちた子供を助けて怪我をしたので、今日は午後から出勤すると事務所に連絡を入れた。驚いた新山がいろいろ尋ねてきたが、あとで話すからと電話を切った。

今日くらいは特例ってことでいいだろうと言う敦也に、首を横に振ったのは陽だ。ルールはルールだから缶を振るというのだ。敦也は苦笑し、戸棚から緑の缶を取り出した。

陽が静かに目を瞑る。敦也は缶の蓋を開け、陽に手渡した。

ガラン、と音がする。

乾いた音なのに、なぜだろう心が温かくなる。泣きたいくらいに。

「ああ、心臓がバクバクする」

「ズルすんなよ」

「だからこんなに近くで見張られてて、ズルなんてできるわけ――あっ！」

手のひらに転がり出たドロップを見て、陽が声を上げた。

「うそ、オレンジだ」

「だな」

「間違いじゃないよね。これ、オレンジだよね」

「ああ。オレンジだな」

やった！　と陽が抱きついてきた。敦也は口元に薄い笑みを浮かべ、陽の背中に手を回したまま、気取られぬように缶の蓋を閉めた。

長いキスを交わし、呆れるほど「愛している」と繰り返した。いつも以上にゆっくりとシャツのボタンを外したのは、自分を落ち着かせるためだ。焦《じ》れて自分から脱ごうとする陽を何度も制し「意地悪だ」と甘く詰《なじ》られた。

何も身につけず、ふたり向き合って座るのは少し恥ずかしい。陽は足を開き、敦也の太股に跨がった。形を成し始めた二本の中心が、ふたりの間に並んでそそり立っている。

「もうどこへも行かせない……行かないでくれ、陽」

陽は上がる息の中で「行かない」と答えた。

「行くところなんて、ない。おれには、須賀さんしかいない」

「約束だぞ」

「……うん」

肋骨《ろっこつ》の浮いた脇腹《わきばら》を指でなぞると、余分な肉のひとつもない華奢なラインがくんと撓《しな》った。

慌ただしくメイクしたベッドに、白く浮かび上がる肌。

ふたつ並んだ小さな蕾《つぼみ》を吸い上げて舌先で転がすと、形よく尖った顎が仰《の》け反《ぞ》った。

「あっ……」

「おっと」

背を反らせた陽を、片手で支える。

胸の突起を甘噛みしながら、もうすっかり兆した気の早い中心をゆるゆると揉《も》んだ。

「もうこんなだ」

いたずらするような手つきで先端の敏感な部分を突くと、漏れ出た透明な体液がつーっと卑猥《ひわい》な糸を引いた。

「そこ、したら、ダメ」

「なんで」

「結構、限界かも」

「え、もう？」

「だって……」

陽はなぜか泣きそうな顔をする。「可愛い」と耳元で囁くと、首から頬にかけてがサーッと朱に染まった。羞恥《しゅうち》からかぎゅっと目を瞑り、唇を噛む様子にゾクゾクするほどそそられる。

この身体は知っている。何度も抱いて、何度も貫いた。

だけど今夜の陽は、まるで初めて男に抱かれるような、もの慣れない反応を見せる。シーツの上に手のひらを這わせる心許《こころもと》ない仕草が、敦也の劣情を刺激した。

本当の恋人として、陽のただひとりの男として、敦也は今、初めて陽を抱いている。

「んっ……ああっ、や、だっ」

手のひらの中で、次第に硬さを増していくそこが愛おしい。

自分の手で、指で、陽が感じていることがたまらなく嬉しかった。

「ストッ……プ、待って」

「どうして」

「もっ、本当に、無理」

「イきそう?」

敦也の肩にしがみつき、陽は首を縦に振った。熱い先端から溢れたものが、静寂に淫猥《いんわい》な音を響かせる。もういくらももたないことは、同じ男だからわかっている。

「イッていいよ」

「や、だ、一緒に……」

「ここでやめたら、苦しいだろ」

腰を引く陽を、敦也の手は追いつめた。

「や、あっ」

「イくとこ、見せてくれ」

「須賀さん、須賀、さっ……」

敦也は手の動きを速めた。

「ダメ、も、アッ!」

ガクン、と首を後ろに反らせ陽が達した。ビクビクと吐き出される白濁を手のひらに感じながら、敦也の胸には言葉にできないぬくもりが満ちていた。

薄い胸を上下させながら、余韻《よいん》の中で陽は恨《うら》み言《ごと》を吐いた。

「一緒、にって、言ったのに」

「次は一緒にな」

何回するつもりだよ、と敦也の胸に頬を摺り寄せながら陽は笑ったが、敦也の方には笑って答える余裕はなかった。

まだ息も整わない陽を俯せにした。いつもは嫌がる陽が、今日は抵抗しなかった。

想像していた通り、陽の背中にはむごたらしい手術痕が、縦横無尽に走っていた。

「気持ち悪いだろ、傷。だからあんまり背中、見せたくなかったんだ」

「お前の身体に、気持ち悪いところなんかない」

傷は陽の歴史だ。あまりに重く、辛く苦しい過去。

だから敦也はキスをした。膿《う》んだまま過去を封印したくないから。過去ごと陽を愛しているから。今を懸命に生きている、掛井陽という人間を、まるごとすべて愛しているから。

「須賀さっ、あ、ちょっと」

陽が慌てて身体を引いたのは、敦也が尻の狭間《はざま》に舌を滑り込ませたからだ。何度となく身体を重ねたけれど、そこを舐める行為は初めてだった。

「しなくて、いいから」

「俺がしたいんだ」

「でも」

肩越しに振り返った瞳が、羞恥に潤んでいる。

「いいから、力抜いてろ」

肉づきの薄い、しかし形のいい双丘に頬ずりし、凝った入り口を舌先で突いた。

「っ……」

陽の両手が、ぎゅっと枕を握り締める。いつもの減らず口を繰り出す余裕もないらしく、ひたすら身体を硬くして快感に耐えている。

「やっ……」

敦也は、少しほぐれてきた窄《すぼ》まりに、舌先を挿し込んだ。ぬちっと、淫猥な音がする。

「痛い？」

「……たく、ない、けど」

ぐっと奥まで挿入すると、陽が息をつめるのがわかった。

手を伸ばし中心に触れてみると、一度萎《な》えたそこはまた完全に芯を取り戻していた。

「須賀さんの、挿れて。もう……欲しい」

「もう少しほぐさないと」

「また、おれだけ、イッちゃうの、やだ」

一緒にって言ったじゃないかと、陽は半べそで唇を嚙んだ。

「陽、その顔は反則だ」

「……へ？」

「そんな可愛い顔で、そんな可愛いこと言われたら、セーブが利かなくなる」

「セーブなんかしないで。めちゃくちゃに抱いて。須賀さんになら、壊されたっていい」

「陽……」

顔を見ていたいというので、陽を仰向《あおむ》けにした。自分で両足首を持ち「早く」と誘う陽に、敦也の理性は霧散《むさん》した。

矢《や》も楯《たて》もたまらず、欲望を突き立てる。

しばらく使っていない場所は、敦也をきつく締めつけた。

「須賀さん……すが、さっ……ん」

語尾が掠れ、吐息が涙混じりになっていく。一番感じると言っていた奥まった場所に硬い熱を押しつけると、陽は顎を仰け反らせた。

「ああっ、あっ……」

「感じる?」

「うん。でもなんだか、すげー恥ずかしい」

「恥ずかしい?」

陽が滅多《めった》に口にしない台詞だ。

「今までおれ、誰にどんな変な格好させられても、恥ずかしいなんて思ったことなかったのに……なんでだろう」

陽はたくさんの男を知っている。大勢の見知らぬ男に身体を開いてきた。けれどその誰にも、心までは開いていなかった。身体を開くより、心を開く方が、きっと数段勇気がいるのだ。自分のすべてを見せるということは、思いのほか激しい羞恥を伴う。

「須賀さんとだから、恥ずかしいのかな」

「俺は特別？」

「そ。特別……あっ、やっ」

「うっ、く……」

ゆるゆると、しかし確実に、熱い想いを送り込む。

敦也の熱が奥へと進むたび、陽は激しく頭を振った。

「痛いか？」

「ちがっ……あ、も、っと」

「こう？」

少し角度を変えながら穿《うが》つと、陽の腰がひくんと跳ねた。

「あっ……すご、いっ」

鼓膜《こまく》を舐めるような嬌声《きょうせい》が、ベッドルームに響く。あの日クローゼットの中で聞いた声よりもっと卑猥に濡れて、とろけそうに甘い声だった。

「いい、よ、須賀さっ……すごく」

「俺も、いいよ、陽」

敦也の声も、ひどく湿っている。

須賀さん、須賀さんとうわごとのように呼ぶ陽を、深く貫いた。そのたびに陽のほっそりとした先端からは、透明な蜜《みつ》がふつふつと湧いては零れた。

「すが、さっ……行か、なっ……でっ」

「どこにも行かないよ」

「お願いっ……からっ……ずっと……ずっ、と」

「ああ。ずっと一緒だ」

抉《えぐ》るたびに、陽の内側が絡みつく。互いにもういくらも持たないだろう。

「あ、ん、く……っ」

「陽……」

陽の眦《まなじり》から、涙がひと筋流れ落ちた。今までどれほどの涙を、ひとり流してきたのだろう。そう思うと敦也の胸はかきむしられる。

これからは幸せの涙を、ふたりでたくさん流そうな。

愛している。愛している。

貫きながら、敦也は心で繰り返した。

「須賀さっ、も、イキ、そ……」

「一緒に、な」

「や、あっ……須賀さ、すが、さっ、あ——っ」

狭い器官をいっぱいに埋めた敦也の熱に導かれ、陽は半ば意識を飛ばしながら果てた。

少し遅れて敦也もまた、陽の中に深く熱い思いを吐き出した。

乱れていた呼吸が整う頃、敦也は陽の汗ばんだ首筋に唇を寄せた。

「ありがとな、陽」

「……ん」

「生きていてくれて」

「……ん」

「陽？　はる……」

すーすーと静かな寝息が聞こえてきて、敦也は苦笑した。秋田の海で別れてから、おそらくろくに眠っていなかったのだろう。敦也自身、そうであったように。

唇を半分開いた穏やかな横顔に、敦也の胸は言いようのないぬくもりでいっぱいになる。

微かに身動《みじろ》ぐ愛おしい体温を、長い腕でしっかりとくるんだ。

「陽……愛してる」

眠る頬にひと粒落ちた敦也の涙を、陽は知らない。

枕元に置かれた缶の中身が、全部オレンジにすり替えてあったことも。

師走《しわす》の声とともに、ショーイのむち打ち症状が詐病《さびょう》でないことを証明する、決定的な証拠が手に入った。父親から暴力を受けていたという話が気になって、もしかしてと本人に尋ねてみたところ、高校入学直後に首を捻挫《ねんざ》していたことが発覚した。地元の整形外科に二ヶ月の通院歴があったのだ。現在症状は消えているが、レントゲンを撮ってみると、頸椎《けいつい》の間隔が通常より若干狭くなっている部分が見つかった。こういった場合、わずかなショックでもむち打ち症状が現れることがある。

二審の法廷で当時の医師に証言してもらったことで、裁判は大きく流れを変えた。おそらく数ヶ月以内に裁判官から呼び出され、和解勧告が行われるだろう。電話口でショーイは大いに感激し、礼の言葉を繰り返した。実は揉めていた彼女ともよりが戻り、秋田に呼んで籍《せき》を入れることになったという。名目は保険金でなく見舞金でもいい。少しでも多く勝ち取り、ショーイ夫婦と弟の船出にしてやりたいと思っている。

「で、鴻上さんはなんだって」

事務所の資料室でスマートホンを握り締め、敦也は声を低くした。仕事は順調だというのに、こちらはどうも順調とはいかない。

『たまちゃんが、うんって言うわけないってさ』

「なんで言うわけないんだ。なんで確かめもしないうちから諦めるんだ。ふぬけだな」

『そんなのおれに言われたって知らないよ。須賀さんが直接鴻上さんに聞いてみればいいだろ。たまちゃんと再婚しないのかって』

「なんで俺がそんなことを聞かなきゃならないんだ」

『だってこの前からその話ばっかりじゃん』

「別に〝ばっかり〟じゃないだろ。それにお前だって『あのふたり、ちょくちょく会ってるくらいならいっそ再婚すればいいのに』とか言ってたじゃないか」

『まあね。けどま、おれたちが首突っ込むことじゃないし』

「別に俺は首なんか」

『ああもう、あっちで鴻上さんが怒ってる。時間ないから切るよ』

「おい、ちょっと待て」

『今夜あたり、そろそろオレンジが出る予感がするんだ。覚悟して待ってて。あ、てんびん座の今日のラッキーアイテムは、膝サポーターだから。じゃあね！』

「おい、陽！　はる――」

切られた。何が覚悟だ。何が膝サポーターだ。敦也は舌打ちし、ツーしか言わなくなった役たたずのスマートホンをポケットにしまった。

陽と本当の意味で結ばれてひと月。このところ、敦也は少しイライラしている。

昨日も一昨日もその前の日も、陽はハズレを引いた。敦也がこっそりオレンジを増量しているにも拘《かか》わらず、どうしてか缶から転がり出るのは薄荷やメロンばかりだ。

パインやイチゴが出てきた瞬間、ため息とともに天井《てんじょう》を仰いでしまう敦也に対し、当の陽は『須賀さんと手繋いで眠れるだけで幸せ』などとやけに余裕で、余計にいたたまれなくなる。自分から言い出したことゆえ、今さら引っ込みがつかないのが忌々《いまいま》しい。

「あら、はるクンと電話?」

不意に背後から声をかけられぎょっとした。資料を探しにきた環だった。

「あ、いえ、すみません」

「昼休みに恋人に電話するのは、別に悪いことじゃないでしょ」

「はあ……」

「いいのよ、今さら隠さなくたって。私、そういうところは割と鷹揚《おうよう》だから。男同士なんてきょう日珍しくないでしょ――あら、ここ欠番だわ。新山くんかな」

同性の恋人に電話をかけていたことだけで十分気まずい上、内容が内容だけに敦也は心臓が跳ね上がる思いがした。しかしキャビネットの扉を開け閉めする環は、鼻歌交じりだ。

「いいわねえ、熱々ラブラブ」

「すみません」

「だからいいって言ってるのに、なに謝ってるのよ。あーあ、私もあと十も若かったらなあ、須賀くんみたいなイケメン、さくっとゲットするんだけど」

「十歳若くなくても、篠原先生は十分いけますよ」

「あらありがと。でも給料は上がらないわよ」

隣のキャビネに移動しながら肩を竦める環は、年相応の落ち着きと美しさを持ち合わせている。二十代の敦也から見ても十分に魅力的な女性だと思う。

「あの、篠原先生」

今なら聞ける。敦也は唾《つば》を飲み込んだ。

「なあに」

「先生は、あの、その……つまり、さ、さ、さい」

「再婚しないのかって？」

目も合わせずに言い当てられ、敦也は石像になる。やはりさっきの電話を聞かれていたらしい。こんな時に限って言い訳が思い浮かばない。生真面目がスーツを着て歩いているような男は、不意打ちに弱い。しかも一番苦手とする恋愛ネタだ。

「心配してくれてありがと」

「心配というか、その……あ、あいつが『再婚しないのかなあ』なんて言うから」

「あいつって、はるクン」

「……はい」

陽のせいにしてしまった。我ながら最低だ。

敦也が環と鴻上の再婚を望んでいるのは、事実だ。陽は「どっちでもいい」とあまり興味がなさそうだが、敦也としてはできるなら再婚して欲しい。

理由はふたつだ。ひとつには、ふたりの今の状態があまりに不自然だから。あのイタリアンレストランの一件以来、ふたりが時々食事をしていることは、敦也も陽も、アルバイトの新山だって知っている。いらぬおせっかいと思いつつ、どこかそわそわと出かけていくボスの本心は、一体どこにあるのだろうと勘ぐってしまう。

もうひとつは鴻上の存在そのものだ。陽にとっても敦也にとっても恩人であることは重々認めるが、それでもやはり敦也は彼が苦手だ。アクが強すぎる。ひと筋縄ではいかない。ついでに弱い部分をいろいろ知られている。そして何より、陽との距離が近すぎる。

オモチャの手配云々は、もう過去のことなのだと頭では理解しているのだけれど、最近になって敦也は気づいた。自分がとんでもなく独占欲の強い、ヤキモチ焼きだということに。しかも極度の心配性という厄介《やっかい》なおまけつきだ。

鴻上さんはたまちゃんひと筋と陽は言っているが、いまひとつ信用できない。ひと筋だと言うのならさくっと再婚すればいいではないか。高校生じゃあるまいし、ちまちま電話で食事に誘ったりしていないで、それこそさくっと再婚してくれたらいいのに。

「久紀がもう少しデリカシーってものを身につけてくれたら、考えないでもないんだけど」

「デリカシーですか」

鴻上にデリカシー。ニワトリに九九《くく》を覚えさせるのとどちらが難しいだろう。

うむと唸った敦也に、環は腰に手を当てて振り返った。

「ね、須賀くん、私たちの離婚の理由、教えてあげよっか」

「え？」

「あの男はね、ある日私の前でこう言ったの。俺はボインボインが好きなんだ。胸の揺れない女は女じゃない、って。Aカップの妻の前で、臆面《おくめん》もなくそう言い放ったのよ」

「ボッ……」

「私、豊胸手術する気はないから」

じゃあね、と片手を挙げ環は出ていった。

「胸……って、そんな」

そんな理由で、この美貌の辣腕《らつわん》弁護士は離婚を決めたというのか。今日の今日までこの人と信じてついてきたボスの言葉に、敦也は呆然と立ち尽くす。

——とりあえず落ち着け、俺。

そこにあったパイプ椅子《いす》に、崩れるように腰を下ろした。ひどく混乱した頭を整理しようとしたところで、ポケットのスマートホンが振動した。陽からのメールだった。

【件名／ゴメン！】

なにがゴメンなのだろうと、敦也はメールを開いた。

【内容／今夜急に飲みにいくことになりました。先週の視聴率が、過去最高を更新したらしいです。鴻上さんがみんなに奢《おご》ってくれるんだって！　遅くなると思うから、須賀さん先に寝ててね。愛してるよ♡】

「なあにがハート、だ――痛って！」

怒りにまかせて立ち上がった拍子に、テーブルの角に膝をぶつけた。

ガタンという大きな音に、新山が飛んできた。

「須賀先生、大丈夫ですか？」

「だ、大丈夫」

「あんまり大丈夫そうじゃ。涙目になってますよ」

ぶつけた膝をさすりながら、敦也は呟いた。

「嫉妬とは常に危険と苦痛を伴うものである」

「深いっすね。誰の格言っすか」

「俺」

「あはは。冗談キツイっすね」

変な須賀先生、と首を傾げ、新山は資料室を出ていった。

ズボンの裾を捲り上げてみると、膝小僧《ひざこぞう》が赤くなっていた。

「まったく……」

自分の狭量さに、もはや苦笑するしかなかった。陽が絡むと、初恋をもてあます中学生のように、プライドも余裕もどこかに吹き飛んでしまう。

視聴率が絶好調で、陽は今頃さぞかし喜んでいるだろう。

鴻上たち仲間と、今夜は旨い酒を飲むことだろう。

「よかったな、陽」

ブラインドの隙間から差し込むのはもう、冬の日差しだ。

敦也は薄く笑う。

明日からは、天気予報の後の占いコーナーもしっかり確認しようと決心した。

あとがき

こんにちは。初めまして。安曇ひかるです。このたびは『オレンジの天気図』をお手に取っていただきありがとうございます。四角四面の堅物弁護士と悲しい過去を背負いながらも必死に生きようとする気象予報士の恋物語、お楽しみいただけたでしょうか。

本作は、自サイトに掲載していた『Blue Sky Blue』という作品に加筆修正を加えたものです。初稿は二〇〇七年なのでいろいろと記憶が遠いのですが、そういえばサク〇製菓のドロップの中身（何味が何個入っているのか）を知りたくて、五缶ほどまとめ買いをしたことを思い出しました。ちなみにどの缶も個数は同じでしたが、イチゴ味の多いのやオレンジ味が多いのや、いろいろありました。全部舐めきるのに、一年以上かかりました（笑）

イラストはいつも編集部にお任せしているのですが、それでも原稿中にぼんやりとしたイメージが頭に浮かぶことはあって、今回なんとなく水名瀬雅良先生の絵のイメージを思い描いておりました。するとある日「水名瀬雅良先生にお引き受けいただけました」という連絡があり、驚きと同時に、とても嬉しい気持ちになりました。水名瀬先生、素敵なイラストをありがとうございました。

末筆ながら、最後まで読んでくださった皆さまと、本作にかかわってくださったすべての方々に心から感謝と御礼を申し上げます。ありがとうございました。

二〇一四年　四月

安曇ひかる

✦初出　オレンジの天気図……………個人サイト掲載作を大幅加筆修正

安曇ひかる先生、水名瀬雅良先生へのお便り、本作品に関するご意見、ご感想などは
〒151-0051 東京都渋谷区千駄ヶ谷 4-9-7
幻冬舎コミックス　ルチル文庫「オレンジの天気図」係まで。


幻冬舎ルチル文庫

# オレンジの天気図

2014年4月20日　　第1刷発行

✦著者　安曇ひかる　あずみ ひかる

✦発行人　伊藤嘉彦

✦発行元　株式会社 幻冬舎コミックス
〒151-0051 東京都渋谷区千駄ヶ谷 4-9-7
電話 03(5411)6431［編集］

✦発売元　株式会社 幻冬舎
〒151-0051 東京都渋谷区千駄ヶ谷 4-9-7
電話 03(5411)6222［営業］
振替 00120-8-767643

✦印刷・製本所　中央精版印刷株式会社

✦検印廃止





ISBN978-4-344-83119-3　C0193　Printed in Japan